AF209676

Splitter im Tag -

Splitter im All

ISBN: 9783837055474

Splitter im Tag –

Splitter im All

Gedanken - Geschichten - Gedichte

von

Irene Siegwart-Bierbrauer

Herausgegeben von Irene Siegwart-Bierbrauer

2. Auflage 2008

Herstellung und Verlag: „BoD Books on Demand GmbH" Norderstedt

Splitter im All-Tag
ISBN: 9783837055474

Gedichte

DIE FRAGE

Warum sind Menschen grausam -
mobben, lügen, morden sie?

Wieso sind Menschen dein Feind -
bekämpfen dich aufs Messer?

Was hast du ihnen getan -
offenen Herzens warst du.

Weshalb stößt man Dir den Speer
in den Rücken und dein Herz?

Wer geht dich zu vernichten -
auszulöschen den Namen?

Wie können Menschen so sein -
können sie wirklich so sein?

Wo kann ich Menschen finden -
Menschen, die menschlich sind?

Ego

Ich ich ich ich ich
ich bin besser, schneller,
intelligenter, schlauer, schöner,
leide mehr als ihr,
leite mehr als ihr,
leiste mehr als ihr.
Als ihr alle, alle,
als ihr jungen und alten
als ihr jemals gedacht.

Ein großer Ballon
mit heißer Luft,
nimm eine Nadel
und stich hinein,
dann wirst du sehen
was davon bestehen bleibt.

Worte

Worte
sind Pfeile
verwunden
vergiften
können töten

Worte
sind Blitze
erhellen
beschenken
werden Licht

Worte
schlafende Gedanken
gepflanzt
gewachsen
Samenkorn gleich

Das letzte Bild

Der Fotograf blickt zum Objekt
auch dieses Stadium zu dokumentieren,
den alten zerbrechlichen Mensch,
sterbend, nur Schatten seiner selbst.

Der Fotograf denkt an seine Mappe,
jahrelang hat er so begleitet,
auch diese Zeit darf nicht fehlen,
halbe Sachen sind ohne Wert.

Das Publikum hat Recht
auf Information ohne Tabu,
so steht es im Vertrag
totale Bilder, ungeschminkt.

Verlöschende Augen blicken,
durch Kamera und ihn hindurch.
Er weiß, der nächste Termin,
gilt dem Tod.

Die Blaumeise

In seinem Baum ein Vogel sitzt,
Schaut still ein offen Fenster an.
Möcht so gern hinüber fliegen,
Bangend, ob er es wirklich kann.

Ach du lieber Mensch am Fenster,
Ich seh dich jeden Tag dort stehn,
Schaust zu mir so freundlich rüber,
Dass ich mich immer nach dir sehn.

Doch hinter dir sind lange Schatten.
Käm ich, welche Welt erwartet mich,
Sprächen wir die gleiche Sprache,
Welcher Traum bedrohet Dich?

Oder nähmest in die Hände,
Hieltest zart und sicher mich,
Und wir flögen zu den Sternen,
Nur wir beide – Du und ich.

Eigentlich
(Oder: Nütze die Gelegenheit)

Eigentlich wollt' er sie küssen,
auf die Wange, auf die Lippen,
in Gedanken auch noch weiter,
und so weiter, und so weiter.

Sie sah seine Augen reden -
ihre schlanken Beine freundlich
lächelnd zeigen: ‚du darfst weiter',
und so weiter, und so weiter.

Eigentlich wollt er sie fragen,
auf ein Glas Wein einzuladen,
einen Kaffee und dann weiter,
und so weiter, und so weiter.

Sie sah nur seinen stummen Mund,
draußen war Frühling lange Stund,
ihre Seite frei noch weiter,
und so weiter, und so weiter.

Eigentlich wollt' er sie berühren,
doch die Frauen meinte er
sich würden immer zieren
und so weiter, und so weiter.

Leider gibt es hier kein ‚weiter'
denn der Mann, war kein Gescheiter,
sie wartete auf ein ‚weiter'
und ging dann zum nächsten – weiter.

Familienbild

Der kleine Bauer
wird zum Neureich
in des Wirtschaftswunders-
Wunderzeit.

Lernt zu delegiern,
und kommandieren
Sozialer Status
Mercedes Stern.

Haus und Hof brachte
die Gemahlin
woran sie ständig
erinnert gern.

Er sehr geschäftig,
hält 'nen Harem
und Esoterik
macht Frau Madam

So sind sie trendi
nutzen die Zeit
Der Jüngste entsetzt
nimmt Heroin.

Schuld haben doch nur
die ‚Andern'
Mea culpa?
Latein nicht gelernt.

Fest-Redner

Er redet und redet,
bläht sich mächtig auf.
Gesagt wird wenig,
fällt aber nicht auf.

Der Hörer trunken
leerer Worte Schwall,
kann nicht mehr denken,
hört nur noch den Schall.

Es trifft ihn jeder,
irgendwann einmal.
Er zitiert Goethe,
auch Witz im Fäkal.

Sein Wort ist wie Gas,
betäubt Äther-gleich.
Morpheus Arm umfasst,
taucht uns in sein Reich.

Bunter Träume Schaum
glaubt Wirklichkeit,
den realen Raum
er redend scheut.

Im Hintergrund

Spottnamen erfindest Du,
Achtung ist Dir fremd.

Benennst andere
in dieser Sprache.

Erniedrigst andere
mit dieser Sprache.

Willst Dich erhöhen,
durch diese Sprache.

Zeigst Dich selbst - gerecht
in Löwen Pose.

Doch was man sieht ist -
Deine Schäbigkeit.

Jahrestag

Ungesagt das Wort,
der Schlüssel,
die Tür verschlossen
gleich uns und doch
bleibt unausweichlich
das Wort im Raum.

Suchende Blicke,
mit Wehmut gepaart,
wissend um das Wort
welches ungesagt
die Tür zum WIR
verwahrt.

Kleines Liebeslied

Wie sage ich Dir
Dass ich mich freute
Wo ich doch stumm bin
Sitzt Du neben mir.

Wie sage ich Dir
Dass ich Dich mag
Die Kränkung nicht wollte
Welche doch geschah.

Wie sage ich Dir
Dass ich möcht' kommen
Wie sage ich Dir
Du fehlst mir so sehr.

Wie sage ich Dir
Dass ich Dich liebe,
Wie frage ich Dich
Liebst Du auch mich?

Lisbeth – ewig jung

Sie wird nicht alt,
ist ewig jung,
der Lenze fünfundsiebzig gar,
Lover an die sechzig Jahr.

Keine Falten,
glattes Gesicht,
dreimal gestrafft,
Lachen kann sie nicht.

Konto gefüllt,
leer das Herz,
ob sie fühlen kann -
empfindet sie Schmerz?

Beneidet sie nicht,
die jung sein möchte,
Belacht sie nicht,
künstliche Welt.

Glattes Gesicht hat
glatten Charakter,
unheimliche Zeit
auch sie zerfällt.

Zum Millenium

Das Kinde
sagt:
vertraue.

Jesus spricht:
einfältig
die Taube.

gelobt:
die Klugheit
der Schlange.

Das Kreuz fleht:
0h Herr,
vergib.

Nahe des Sees

Götter boten uns an,
Ihren Himmel zu sehn.
Einen Augenblick lang,
Und wir blieben stehn

Doch wagten wir nicht,
Das WIR zu sehen,
Den heiligen Schritt,
Gemeinsam zu gehen.

Das blaue Licht weise
Winkt von ferne zu.
Grüßt uns ganz leise,
Flüstert: Du und Du.

Nicht gesagt

Ein kurzer Traum,
nun aufgewacht,
wird nie den Tag,
das Leben finden.

Die Sonne scheint
nicht in der Nacht,
das Gestern nur
wirst du erfinden.

Nobi, der Größte

Kleiner Gernegroß
redet gern drauflos.
Penetrant sein Stil,
ungefragt dazu,
man kennt ihn, auch du.

Zerstört intrigant
was andre gebaut.
Weil Bildung nur halb,
ist Norbert gern laut.

Kleiner Gernegroß,
redet frech drauflos.
Schlange und Hai,
ich kenn ihn, auch du.
Ungefragt dazu.

November-Herz

„Man sieht nur mit dem Herzen gut."
Antoine de Saint-Exupery

Gebrochen das Herz
Schmerz der Seele
Stummer Schrei

Zerstört die Schale
Wehrlos der Mensch
Weich und bloß

Mitfühlend der Blick
Dankbar dem Glück
Weites Herz

Porträt

Schein – heilig
den Finger erhoben,
mahnend und vorwurfsvoll.
Den Kopf gebeugt,
verklärtes Antlitz,
dem ernsten Leben
ist Lachen fremd.
Schwebenden Fußes
thront sie
über den Lastern
der Welt.

Dennoch
schielt ihr Blick
gierend -
lauernd -
zum verachteten Grund,
vergessend die Fäden
in ihrer Linken.

Jäger und Richter zugleich.
Die Guillotine fällt
ohne eine rote Spur
die zeugen könnte,
vom Unrecht
der Inquisition.

Wahre HEILIGE
werfen nicht den ersten Stein.

Reue

Jeder erfüllte Wunsch
macht ärmer, sagst Du.
Wie oft sagte ich NEIN,
lange vor Deiner Zeit.

Unerfüllte Wünsche,
verbrennen wie Feuer.
Zur Leere verbrennen sie,
Liebe, Freude und Glück.

So kalt und unmenschlich,
der Flamme blauer Schein.
Heute bereue ich,
was ich damals sagte.

Vater Tod

Geist Tod
Kunst ist vergangen

Freund Tod
Leib ist gegangen

Vater Tod
nimm mich umfangen

nach "Genius Death"
von Allen Ginsberg

Wiedergeburt

Vergessen die Zeiten der Freude
Tränen, Trauer
tief der Schmerz.

Nebel umhüllt die Seele
traumwandelnd
siehst du die Nacht.

Am Horizont keimt
zart rosa der Morgen
zum Fallen der Jahre.

Mensch Meier

Geschichten von Mitgliedern einer fiktiven Familie mit dem Namen Meier.

Herr Meier im Restaurant

„Fräulein, Zahlen!" Herr Meier ruft es laut und deutlich vernehmbar durchs Lokal. Seine Geschäftsfreunde sehen sich gegenseitig an. Der laute Ton Meiers will ihnen nicht so recht zu dem dezenten Ambiente des Lokals passen.

„Das dauert wieder," bemerkt Herr Meier, „die sieht ja nicht mal zu einem rüber!" „Die Bedienung hat auch viel zu tun," beschwichtigt Herr Bauer sein Gegenüber „das Lokal ist gut besucht." „Sonst wäre ich ja auch mit Euch nicht hierher gekommen!" schüttelt Herr Meier seinen Kopf „Aber die Bedienung ...".

Arnold Bauer und sein Nachbar sehen sich an. Arnold zieht den Mundwinkel etwas schief zu einem leichten Grinsen und meint: „Soviel Zeit werden wir doch noch haben - oder etwa nicht?" „Wenn man tot ist, dann hat man Zeit. Wenn der Laden hier mein wäre, hätte ich die schon längst gefeuert!" entgegnet Meier und greift nach seiner Zigarettenschachtel. In seiner rechten Tasche sucht er nach dem Feuerzeug und kann es nicht finden. „Suchen Sie Ihr Feuerzeug, Herr Meier?" will Arnold wissen. „Ach nein, nur so ein Reflex, im Restaurant rauche ich nicht. Ich stehe wohl besser auf und hole die mal an den Tisch, sonst sitzen wir ja morgen früh noch hier."

Während Herr Meier sich umsieht, kommt seine Nase mit einer hinter ihm stehenden Grünpflanze in Berührung. Er holt tief Luft und legt die Stirn in Falten, hält mit der linken Hand den kleinen Ast herunter und knickt ihn unauffällig zwischen Daumen und Mittelfinger.

Nun entspannen sich seine Gesichtsmuskeln, er legt den Kopf

leicht zur rechten Seite um von dieser Schräglage aus die Pflanze mit etwas mehr Abstand zufrieden zu betrachten. Der ihn störende Ast ist perfekt abgebrochen. Herr Meier freut sich über sein Werk. Dieser Ast wird ihn nicht mehr stören. Warum war der Ast auch so vorwitzig?

Nun sieht er wieder in Richtung des Tresens, hebt den linken Arm und macht mit Daumen und Zeigefinger das Zeichen für Bezahlen.

„Na endlich, es wird aber auch Zeit!" hält er der Bedienung entgegen, die an ihrem Tisch eintrifft. Nervös fingert sie am Rechnungsblock um den Zettel mit der entsprechenden Tischnummer zu finden.

„Zweimal Rumpsteak, ein Wiener und ein Cordon bleu, drei Weizen, zwei Alkoholfrei und drei Salat - das war es?" zählt sie auf und sieht Herrn Meier an.

Er nickt. Die Bedienung versucht zu addieren. Murmelt einzelne Zahlen vor sich hin, berichtigt und beginnt wieder mit ihrer Addition von vorn. Herr Meier spielt währenddessen mit seiner Geldbörse auf der Tischplatte einen Takt und summt dazu eine Melodie. Die Anspannung ist der jungen Bedienung deutlich anzumerken. Ihre Gesichtsfarbe ändert ins Hellrosa um allmählich ins Rot überzugehen.

Nach mehrmaliger Korrektur der Addition legt sie den Block auf den Tisch und beginnt erneut die Addition. Sie streicht sich eine ihrer blonden Strähnen aus der Stirn .

Während des ganzen Vorganges ruht der Blick Herrn Meiers amüsiert auf ihrem Gesicht. Schließlich meint er mit forscher Stimme: „Fräuleinchen, aber nicht das Sie mir das Datum mitaddieren!"

Diese streicht wieder eine Strähne aus ihrer Stirn, nur das diesmal keine Strähne aus der Stirn zu streichen war, und legt ihm den Rechnungszettel vor.

Herr Meier sieht kurz auf den Endbetrag und legt einen Fünfziger auf den Tisch. „42,- Euro, der Rest ist für Sie!"

Die Bedienung gibt ihm dankend 8 Euro Wechselgeld. Sie wünscht den Herren noch einen schönen Abend und verlässt den Tisch.

„Das war aber billig, ob die sich nicht verrechnet hat?", meint Arnold Bauer. Er blickt in Richtung der Rechnung und will soeben Herrn Meier bitten, diese zu überprüfen. Noch bevor er seine Bitte ausgesprochen hat, lässt Herr Meier den Beleg samt Wechselgeld in seiner Jackentasche verschwinden.

„Dann soll sie halt besser aufpassen," meint er „mir sagt auch niemand meine Fehler."

"Herr Meier," lässt Arnold nicht locker „wenn bei Dienstschluss die Abrechnung nicht stimmt, müssen die Bedienungen dies aus eigener Tasche zahlen. Dann ist schnell das ganze Trinkgeld weg und die Frauen haben umsonst gearbeitet."

"Dann müssen sie es halt unter der ‚Lehrgeld' verbuchen." gibt Meier als Lösung.

Herr Meier am Telefon

„Tor! Tor" schreit Herr Meier. In gleichen Moment läutet das Telefon. Ohne den Fernseher aus den Augen zu lassen, greift er zur Fernbedienung und stellt den Ton ab.

Am Telefon ist seine Nichte Tina. Sie ist momentan in den USA und absolviert dort ein Auslandspraktikum. Herr Meier schnauft innerlich vor Ärger, da er sich beim Fußballspiel nicht gerne unterbrechen lässt. Er versucht einen freundlichen Gruß – soweit es ihm gelingen mag. Er hört, wie sie den Gruß fröhlich erwidert und sich nach seinem Befinden erkundigt. Während des Austauschs von Höflichkeiten verfolgen seine Augen gebannt den Ball, und er kann trotz fehlendem Tons erkennen, dass der Spieler aus dem Abseits spielt und der Schiedsrichter deswegen das Tor nicht anerkennen kann.

Er murmelt auf eine Frage Tinas eine knappe Antwort, in der er trotz der Kürze einen Hinweis auf die immens hohen Telefonkosten anbringen kann. Tina bemerkt den versteckten Hinweis nicht und redet weiter, erzählt vom Wetter und von den Freunden in den USA.

In ihrer Freude, sich endlich wieder mit Verwandten unterhalten zu können, entgeht ihr vollkommen, dass ihr Onkel nicht ganz bei der Sache ist.

In diesem steigt die Anspannung. Seine Mannschaft liegt mit nur 1:0 in Führung. Das ist zu knapp und der Gegner kann jederzeit ausgleichen. Inzwischen ist der Ball im gegnerischen Feld. Die Flanke von Klinsmann kann der Verteidiger soeben noch halten.

Den letzten Satz seiner Nichte hat er deshalb nicht so ganz mitbekommen und muss nachfragen.

Das macht Tina stutzig. „Hörst Du mir überhaupt zu?" möchte sie wissen. „Ich hab Dich gefragt, ob Du mir sagen kannst wie es Heiko geht. Du hast doch Verbindung zu ihm." „Ja, ja, gut. Aber hör mal Tinchen, musst Du denn unbedingt anrufen, während ich das große Länderspiel gucke?"

Tina hält einen Moment den Atem an. Woher soll sie in den USA wissen wann in Deutschland ein Länderspiel im Fernsehen übertragen wird?

Noch ehe sie etwas entgegnen kann, meint ihr Onkel „Also, mach's gut dort drüben." und legt den Hörer auf.

Herr Meier, der Organisationsleiter

Ein etwas älterer Herr kommt, noch ganz außer Atem vom Treppensteigen, zu Herrn Meier ins Büro.

Der sieht ihn forsch an, blickt einmal kurz vom Kopf des offenbar einfach gekleideten Mannes, bis zu dessen Schuhen und fragt: „Sie wünschen?" „Ich wollte mit Ihnen reden," bittet Hermann Braun.

„So, Sie wollen mit mir reden. Und worüber wollen Sie mit mir reden?" entgegnet Herr Meier und sein Gesicht zeigt eine gewisse Belustigung. Währenddessen lehnt er sich in seinem Bürostuhl entspannt nach hinten. Verschränkt die Arme hinter seinem Kopf.

Hermann Braun hält mit beiden Händen einen dunklen Hut, den er sicher schon länger zu seinem Besitz zählt und blickt zum Boden, so, als fände er dort die Antwort. „Na, um was geht es denn?" fordert ihn Herr Meier wieder auf.

„Wie soll ich anfangen," setzt der alte Mann an und schon unterbricht Herr Meier: „Reden sie nur ins Unreine, ich sortiere dann schon."

Der Besucher blickt traurig und müde und setzt erneut mit seiner Bitte an: „Herr Meier, am Eingang des Gebäudes ist für Rollstuhlfahrer keine Rampe. Hier ist doch viel Publikumsverkehr. Könnte man nicht dafür sorgen, dass eine Rampe gebaut wird. Sie sind doch Organisationsleiter, oder nicht?"

Herr Meier beugt sich nach vorne, so als habe er nicht richtig verstanden, verschränkt beide Arme über dem Schreibtisch und entgegnet: „Guter Mann, Sie denken wohl, das ist notwendig. Ihr soziales Engagement in allen Ehren, aber hier arbeite ich schon seit über 25 Jahre und noch nie war ein Rollstuhlfahrer hier oben. Warum sollen wir dann so etwas bauen? 25 Jahre, da müssen Sie doch zugeben, dass das nicht notwendig ist."

Nach diesem Kommentar dreht er sich mit seinem Sessel um. Den Rücken nun zu seinem Besucher gekehrt, nimmt Herr Meier einen Ordner aus den Aktenschrank. Er schlägt den Ordner auf und vertieft sich, immer noch mit dem Rücken zu seinem Besucher, in die Akten.

Nachdenklich und leise, wie, als wolle er niemand stören, oder als wolle er niemanden auf sich aufmerksam machen, verlässt Herr Braun grußlos den Raum.

Er sieht niemand und will auch niemand sehen, hält den Kopf nach unten und seine Schultern sind gebeugt als er die Treppenstufen hinunter zum Ausgang geht.

In Gedanken hört er die Worte seines Arztes, wie dieser vorige Woche zu ihm sagte: "...Bandscheibenvorfall, ... inoperabel - ... werden nicht mehr lange laufen können - - -

Herr Meier und das Schneeräumen

Halb schlafend dreht sich Knut Meier gähnend auf die andere Seite. Greift mit einer Hand unter sein Kopfkissen um dieses so in eine bequemere Lage zu bringen.

Da ist es wieder, dieses scharrende Geräusch. Er hat also nicht geträumt, dieses Geräusch kommt zweifellos von der Straße. Konzentriert hört er hin: „Krrrr – krrrr – krrrr" Meier richtet seinen Kopf auf um besser lauschen zu können: „Krrrr – krrrr – krrrr".

Kein Zweifel, die Nachbarn sind bereits beim Schneeschippen. Das „Krrrr", dieses scharrende Geräusch der Schneeschaufeln, erkennt er deutlich. Und er dreht sich wieder auf seine Lieblingsseite, zieht das Kissen über den Kopf.

‚Schneeschippen, das hat noch Zeit. Noch fünf Minuten schlafen' denkt er. Der Wecker steht auf 6:50 Uhr. Er hat noch einige Minuten Zeit bevor er Aufstehen muss. „Krrrr – krrrr – krrrr" – das Geräusch der Schaufeln, wie sie am Boden entlang kratzen, dringt jetzt durch das Kissen zu ihm. „Krrrr – krrrr – krrrr"

An Schlafen ist nicht mehr zu denken. „Krrrr – krrrr – krrrr" Schneeschippen. 15 Meter Straßenfront, und er weiß nicht, wie viel Schnee gefallen ist, wie viel Zeit er dafür benötigen wird.

Eigentlich müsste er längst aufstehen, denn dieses Schneeschippen wird einiges seiner knapp kalkulierten Zeit beanspruchen. Morgentoilette, Frühstück, und dann die Fahrt zu seiner Dienststelle die wegen des Schnees länger dauern wird als sonst.

Er dreht sich auf die andere Seite, presst das Kopfkissen ganz fest an sein Ohr um diesem Geräusch zu entgehen. Trotzdem, es bleibt da, leiser zwar, aber doch gut zu vernehmen: „Krrrr – krrrr – krrrr".

"Schatz, aufstehen, es hat geschneit, Schneeschippen." Die fröhliche Stimme Gittas holt ihn aus seinen Gedanken. „Ich will nicht" brummt er durch das Kissen „Ich schlafe noch" Doch diese Behauptung beeindruckt Gitta nicht im mindesten. Mit einem eleganten Ruck zieht sie ihm das Kissen vom Kopf und drückt ihm einen Kuss auf die Stirn. Ihre Hand fährt unter der Bettdecke zu seiner Achselhöhle und beginnt ihn dort zu kraulen. Sie weiß, wo seine kitzligsten Stellen sind. „Schläfst Du jetzt immer noch, Schatz?" Sie sieht ihn verschmitzt an.
"Diesmal werde ich es anders machen" eröffnet er ihr mit einem ernsten und direkten Blick in ihre Augen „ich hänge ein Schild jeweils an Beginn und Ende unseres Bürgersteigs. Ein Schild auf dem ganz groß steht: ‚Eingeschränkter Winterdienst'" Gitta ist erst einmal verblüfft und blinzelt ihn mit einem Anflug von Belustigung an. „Wie meinst Du das mit dem ‚eingeschränkten Winterdienst'? Meinst Du, Du kannst Dir dann das Schneeräumen ersparen?"

"Genau so meine ich es! Die Städte und Gemeinden machen es doch auch so! Die stellen ein Schild ‚Eingeschränkter Winterdienst' an den Ortseingang und schon brauchen sie nur zu streuen und zu räumen wann sie wollen. Und wenn Unsereiner dann auf dem glatten Bürgersteig ausrutscht, dann verweist man auf das Schild. Und sie sind aus dem Schneider. Was die können, das kann ich doch auch! Ich hänge auch so ein Schild auf."

Meier ist von seiner Logik überzeugt. Warum sollen die Städte und Gemeinden etwas dürfen was ihm untersagt sein soll. Wieso soll er verpflichtet werden um 7:00 Uhr seinen Bürgersteig geräumt zu haben, wenn die Gemeinden sich mit einem solchen Schild von eben dieser Verpflichtung freikaufen können.

Voll Stolz über seine Eingebung blickt er Gitta an. Er sieht in ihre belustigt dreinschauenden Augen, die ihm ohne Worte Gittas Meinung zeigen.

Schade, denkt er und sackt mutlos in seine Kissen zurück.

Weiterreden wird zwecklos sein.

Er weiß, was sie soeben denkt.

Das „Krrrr – krrrr – krrrr" dringt von Draußen erneut ins Zimmer.

'Schade' überlegt er.

Es war eine so gute Idee.

Herr Meier und der malade Finger

Jens Barth sieht auf seine Hände. Seit seinem Unfall im vorigen Jahr hat er Probleme. Besonders der Daumen seiner rechten Hand bereitet ihm Sorge. Wegen ihm muss er zweimal in der Woche zum Arzt.

Er atmet tief durch und sieht sich im Wartezimmer um. Außer ihm ist nur noch ein Kind mit seiner Mutter hier. Sie sind die ersten an diesem Morgen. „Herr Barth, bitte Kabine fünf" ruft der Lautsprecher.

Folgsam geht er zum Behandlungsraum. Jens sieht, wie die Arzthelferin seine Spritze aufzieht und alles für die Injektion bereitlegt. Unangenehme Injektionen sind dies für ihn. Sie werden direkt am Ansatz des Daumens gesetzt. Nachher wird er eine Beule haben, die der Arzt dann mit der Handfläche verreibt. Es dauert dann immer noch gut ½ Stunde, bis die Beule endgültig verschwunden ist.

Durch den Unfall damals bekam er eine Entzündung im Daumen. Man hat ihm Cortison in das betreffende Gelenk injiziert, aber das half nichts. Im Gegenteil, die Symptome verschlimmerten sich. Als er erneute Cortisoninjektionen untersagte, wurde er zum Radiologen überwiesen. Dieser injizierte ihm eine besondere Substanz, wodurch angeblich die Entzündung ausgetrocknet und eine Lederhaut im Gelenk gebildet werden sollte.

Soweit die Theorie. Die Praxis war, dass sich nach und nach der Daumen verdickte und versteifte. Greifen, ordentlich zupacken, so wie früher, ist heute ein Problem. Er kann dies nur noch mit der linken Hand.

Vom Flur her hört er die Stimme der Arzthelferin. „Herr Doktor

Meier, Herr Barth wartet in der Fünf auf Sie!" Ehe Jens erleichtert denken kann: ‚Endlich, jetzt wird er gleich zu mir kommen.' hört er seinen Arzt: „Ah, das Däumchen ist da!"

Jens schluckt. Er wiederholt für sich stumm und mit Entsetzen: ‚Ah, das Däumchen – das Däumchen.' Er erinnert sich des letzten Arztgespräches. Es wurde ihm mitgeteilt, dass ein solcher Fall in dieser Praxis bereits bekannt sei. Bei der Patientin, einer Krankenschwester, konnte das Leiden nicht behoben werden. Es verschlimmerte sich gar, so dass diese heute bedingt berufsunfähig sei. Schöne Aussichten, denkt Jens. Schöne Aussichten. Und der gleiche Arzt sagte einmal zu ihm, es wäre ja nichts, mit seinem Daumen, es gäbe viel schlimmere Fälle. Es fehlte nur noch, dass man ihn aufforderte er solle sich nicht so ‚haben', muss er denken.

Aber es ist sein Daumen, seine Hand, die nicht mehr zugreifen kann. Jens blickt wieder auf seine Hand, auf seinen verdickten und verkrüppelten Daumen.

'Das Däumchen' denkt er, ‚ich bin für ihn nur das ‚Däumchen'.

Und er fühlt sich innerlich leer und alleingelassen, wie er dem inzwischen in den Raum getretenen Arzt seine Hand zur Injektion entgegen hält.

Herr Meier und Tante Inge

Oder: „Familienb(B)ande"

„Hallo, Tante Inge, eine freudige Nachricht haben wir für dich!" flötet Knut Meier ins Telefon.

„Ja?" fragt Inge zaghaft zurück. Sie überlegt, ob sie den erwachsenen Neffen mit 'Du' oder doch besser mit 'Sie' anreden soll, denn es ist ihr erstes Gespräch. Über 30 Jahre hatten sie keinen Kontakt.

„Wir kommen dich vom 5. bis zum 7. des nächsten Monats besuchen!" hört sie die Stimme am anderen Ende der Leitung. Sie spürt, wie ihre Knie weich werden und muss sich setzen.

„Na, meine Schöne, da staunste, was?" hört sie eine weibliche Stimme, die unverkennbar die Merkmale von Knuts Mutter trägt. Inge weiß, dass sie jetzt etwas erwidern muss, doch ihr ist der neue Familienname entfallen. Durch die angestrengte Überlegung entsteht eine Pause, die ihr endlos lang vorkommt.

Inzwischen hat ihr Gesprächspartner wieder gewechselt und Knut ruft in die Leitung: „Da freuste dich aber! Also, bis dann, am nächsten Mittwoch!"

'Also, bis dann.' denkt Inge und fragt sich, ob Neffe Knut zwei oder drei Brüder hat und wer alles kommt, und wo sie alle unterbringen wird.

Am besagten Tag sitzt Inge unruhig an ihrem Mittagstisch, als sie gegen 12.30 Uhr die Türglocke hört. Sie spürt eine Ahnung. Nein, so früh, das können sie nicht sein, überlegt sie und öffnet die Türe.

„Hallo, Tante Inge!" ruft gleich auf der Treppe Herr Meier seiner alleinstehenden Tante entgegen.

Mit einem Auge sieht er auf die obere Treppenstufe, wo seine Tante steht, mit dem anderen Auge bestaunt er das große schöne Haus, das seine Tante alleine bewohnt.

„Wie geht es Dir? Was macht die Firma?" will die Gastgeberin wissen. Jung, dynamisch und erfolglos sei ihr Neffe, hatten böse Zungen einmal ihr gegenüber behauptet.

'Ob die Gerüchte wahr sind, dass es seiner Firma schlecht geht?' zweifelt sie, als sie seinen neuen Wagen, den teuren Anzug und die vielen Geschenke sieht.

„Das Paket ist von Cousine Christel, das hier von Olaf, hier der Orchideenstrauß von Harry, und das ist von mir," erläutert ihr Neffe.

Inge kann es nicht fassen, sieben Pakete und drei Sträuße. Soviel, dabei haben sie so lange keinen Kontakt gehabt. Sie bekommt ein schlechtes Gewissen. Warum hat sie auch nie geschrieben, sich nie um ihre lieben Verwandten gekümmert?

Währenddessen redet Neffe Meier von seiner Firma und seine Mutter erläutert ausführlich und umständlich weitere Details.

Nach diesem Unterricht in Firmengeschichte gehen alle gemeinsam auf die Terrasse und in den Garten. Herr Meier blickt sachkundig auf Haus und Gelände, so, als ob er etwas davon verstünde und den Wert begutachten müsse. Dann sagt er in freudigem Ton zu seiner Tante: „Für wen ist denn das alles mal?"

„Gute Frage!" lacht Inge auf, „Das ist sehr gut!" Immer noch lachend dreht sie sich um und geht in ihr Haus. Jetzt weiß sie Bescheid.

Herr Meier und die Seinen stehen da, in dem großen Garten vor dem großen Haus und schauen ihrer Tante nach.

Herr Meier im Auto

'Wieso blinkt der hinter mir auf?' denkt Herr Meier und stellt den Lautstärkeregler seines Autoradios etwas leiser. Währenddessen schert das Auto hinter ihm in Richtung Mittellinie aus und hängt ihm fast an der Stoßstange. Wieder blinkt dessen Fahrer mit der Lichthupe.

In dem ungeduldigen Auto sitzt Anton Schäfer und rutscht auf seinem Sitz hin und her. Achtzig Stundenkilometer sind hier erlaubt, das Auto Herrn Meiers vor ihm fährt gerade mal siebzig. ,Lahme Enten gehören in den Teich, nicht auf die Autobahn' denkt er und blinkt mit der Lichthupe. Wieder setzt er an zum Überholen. Er schaltet einen Gang herunter um besser beschleunigen zu können. Aber wieder hat er Gegenverkehr und muss den Überholvorgang abbrechen.

„Mensch, diese Tranfunsel" ruft er aus. „Wegen dem komme ich noch zu spät." Im seinem Sitz beugt er sich vor, als ob er damit Herrn Meier bewegen könnte schneller zu fahren. Gerade so wie man sich bückt, wenn man eine Last anschiebt.

Jetzt kommen sie aus dem kurvigen Waldstück heraus auf eine Gerade. Kein Auto kommt ihnen entgegen. Das ist die Gelegenheit die Tranfunsel zu überholen, denkt er.

Genau in dem Moment wie er zur linken Spur wechselt und zum Überholvorgang beschleunigt, setzt Herr Meier sein Auto auf die Mittellinie. Anton Schäfer kann wieder nicht vorbei. Beim nächsten Gegenverkehr lenkt Herr Meier sein Auto wieder brav auf die rechte Spur.

Innerlich kocht Anton und betätigt zur Warnung erneut die

Lichthupe, während er mit seinem Wagen nur noch eine knappe Wagenlänge Abstand hält.

Da, plötzlich sieht er die roten Bremsleuchten. In Panik steigt er voll in die Pedale. Er hat kaum Abstand und muss voll bremsen damit er nicht seinem Vordermann auffährt.

Doch, damit hat er nicht gerechnet. Vor dem Wagen von Herrn Meier ist nichts zu sehen, was der Anlass zu dessen Bremsmanöver gewesen wäre.

Herr Meier fährt auch weiter, so als sei nichts geschehen. Er kommt nicht zum Stehen, auch die roten Bremslichter leuchten nicht mehr. Also, von Bremsen keine Spur mehr.

Herrn Schäfers Blutdruck ist bei 190, der Puls auch irgendwo in dieser Größenordnung. Seine Knie sind von dem Schock so weich, dass der kaum noch das Gaspedal richtig bedienen kann.

Er versucht sich die Autonummer Herrn Meiers zu merken, um ihn anzuzeigen. Doch sicher würde er sich dadurch nur Ärger einhandeln, denn er hat keine Zeugen.

Herr Meier sieht genüsslich in den Rückspiegel. Er freut sich über den weiten Abstand, den Anton Schäfer jetzt zu ihm hält.

'Na also', denkt er ‚auf einmal kann er Abstand halten!'

Herr Meier im Garten

Mürrisch hält Knut Meier den Gartenschlauch in der einen Hand. Die andere streicht über sein Kinn, fühlt die Stoppeln.

Zwanzig Minuten Garten sprengen, dann zehn Minuten fürs Rasieren, überlegt er. Wenn er noch die Sportnachrichten sehen will, muss er sich beeilen. Oder soll er sich etwa doch nicht Rasieren? Oder soll er doch, für heute Abend, Rasieren? Er kann sich nicht recht entscheiden.

Genau in diesem Moment prescht der Hund des Nachbarn zum Zaun. Ein lautes Gejaule ertönt. „Schon wieder dieser Köter,“ denkt Knut. Er sieht ihm in die Augen und wartet.

Immer wenn dieser Hund ihn sieht, bellt er. „Immer“ denkt Knut, „immer bellt der blöde Kerl. Warum der bellt, dass weiß der Köter wahrscheinlich selbst nicht.“ Mit engen Augen sieht er zum Hund, blickt ihn direkt an. Der duckt sich ruhig unter der Hecke, legt sich auf den Boden. Seine Schnauze zwischen beiden Vorderpfoten.

Knuts Hand gleitet vom Kinn hinunter und streicht langsam über die Düse des Schlauchs. Die Nachbarn sind nicht zu hören, registriert er. Er verstellt die Einstellung der Düse so, dass der Wasserstrahl bis zur Hecke reicht. Knut hält den Schlauch mit beiden Händen und sein Mund verzieht sich zu einem spitzen Lächeln.

Er verstellt die Düse auf „Strahl“ und hält direkt auf die Ligusterhecke zu. Direkt auf den immer noch bellenden Hund.

Mit einem Satz springt der Hund auf.
Laut Jaulend läuft er weg.

Das stille Lächeln Herrn Meiers weicht einem Grinsen.

Laut denkt er: „Jetzt weiß er wenigstens, warum er bellt!"

Herr Meier in der Autowerkstatt

Mit Kennerblick geht Herr Meier durch die Halle der Werkstatt. Sein Auto wird gerade gecheckt. Ab und an blickt er zum Monteur um festzustellen, wie weit dieser mit der Arbeit ist. Da sieht er, wie eine junge Dame mit dem Werkstattleiter den Hof betritt.

Ihr Haar wirkt durchnässt. Sie scheint etwas vom Regen abbekommen zu haben. Herr Meier sieht ihr zu, wie sie mit dem Meister spricht und aufgeregt mit den Händen gestikuliert.

„Sie scheinen wohl Pech gehabt zu haben?" mischt er sich in das Gespräch ein. „Das kann man sagen! Ich sollte jetzt schon auf den Uni sein, wir haben heute Klausur. Und nun das!" Herr Meier stellt sich einen Schritt näher zu der jungen Frau, die ihn hilfesuchend anblickt. „Was macht ihr Auto denn für Sachen?" will er wissen. Dabei richtet er sich noch gerader auf als er bereits ist. Sein Blick geht von ihrem Gesicht herunter bis zu ihren Füßen. Nicht ohne einen kurzen Augenblick am unteren Saum ihres Minirockes zu verweilen.

„Ich weiß nicht, immer wenn es regnet stottert der Motor und bleibt dann stehen. Ich verstehe das nicht. Irgend etwas muss da ja nicht in Ordnung sein. Das ist nun schon das dritte Mal, dass mir das passiert." Sie atmet tief ein und blickt bedrückt und unsicher unter sich.

„Na, Fräulein," sagt er, während er den Arm in Richtung ihrer Schulter bewegt „Sie dürfen nicht gleich nervös werden, wenn es mal regnet. Da haben sie sicher den Motor abgemurkst. Wissen Sie, wenn einem der Motor absäuft, wie jetzt bei Ihnen, dann gibt man Vollgas beim Anlassen. So muss man das machen. Einfach das Gaspedal voll durchdrehen, während man den Zündschlüssel 'rumdreht." Sein Arm hat inzwischen ihre Schulter leicht berührt. Die junge Frau geht einen Schritt zurück, um der Nähe Herrn Meiers zu entkommen und blickt irritiert und hilfesuchend den Werkstattinhaber an.

„So ist das halt Chef," hört sie Herrn Meier in Richtung des Werkstattleiters sagen „die jungen Leute wissen das alles nicht. Die haben dafür halt noch andere Dinge im Kopf. So ist es doch, nicht wahr?"

Während der Werkstattleiter lächelt, wobei Herr Meier nicht erkennen kann, ob es sich hierbei um ein Zeichen der Zustimmung ist oder nicht, hat sich die junge Dame abgewandt.

In eine andere Richtung des Raumes.

Herr Meier ist höflich

„Schau Dir mal den   Typ an!" sagt Herr Meier zu seinem Bekannten, mit dem er die Fußgängerzone passiert. Ihre Blicke richten sich auf einen jungen Mann mit langen Haaren, modisch zerrissenen Jeans und klobigen Schuhen. Lässig lehnt dieser an einem Laternenpfahl, die Hände in den Hosen und eine Stofftasche mit Indianermuster umgehängt.

„Was gefällt Dir an dem nicht" erkundigt sich der Bekannte, „die laufen doch heute alle so herum. Für die ist das modern." „Ja, ja, kannst auch gleich sagen: "cool". Auf das Äußere kommt es auch gar nicht so an. Da soll jeder sich so kleiden, wie es ihm gefällt. Worauf es aber ankommt, das ist das Benehmen."

Der Bekannte stutzt ein wenig, während er von Knut Meier weiter aufgeklärt wird. „Wissen Sie, das merkt man doch gleich, dass jemand, der so herumhängt wie der da, dass der kein Benimm hat. Oder können Sie sich vorstellen, dass der die einfachsten Regeln der Höflichkeit beherrscht?" Herr Meiers Gesprächspartner macht ein nachdenkliches Gesicht. „Das können Sie doch nicht einfach so behaupten, dass er, nur weil er sich so kleidet, wie die Jugend das heutzutage macht, sich nicht benehmen kann."

„Es ist doch nicht nur das, _wie_ die sich kleiden. Durch die Kleidung wird doch noch etwas anderes ausgedrückt. Das ist doch der Stil, die wollen sich nicht anpassen. Das merkt man doch. Die stehen nicht auf, wenn eine alte Frau im Bus keinen Platz bekommt. Die halten Dir nicht die Tür auf, obwohl Du älter bist. Die fallen Dir ins Wort anstatt Dich ausreden zu lassen Die machen am Tisch ihre Zigaretten an, ohne zu fragen, ob Du was dagegen hast. _Das_ ist es doch!"

Inzwischen sind beide am Kaufhaus angelangt. Der Bekannte

wendet ein, dass es vielleicht an dem Mangel an Vorbildern liegt. Vielleicht sei die Jugend nur ein Abbild der Gesellschaft, so wie sie heute nun mal sei.

Während sie so reden, passieren sie den Eingang des Kaufhauses und Herr Meier hält seinem Bekannten ganz zuvorkommend die Schwingtür auf.

„Gute Vorbilder gibt es doch auch heute noch genug, mein Lieber. Die gucken nicht hin. Wir waren doch vor 20 Jahren da wirklich anders," meint Knut Meier. Inzwischen im Kaufhaus sind die Flügel der Schwingtüre zurückgeschlagen. Genau einer vollbepackten Dame entgegen. Durch den Aufprall der Flügeltüre ist ihr eine Tasche entglitten und zu Boden gefallen.

„Rücksichtslos!" schimpft die Dame hinter ihnen. Erschrocken dreht sich Meiers Bekannter um.

Er sieht, wie die Dame versucht ihre Einkaufstasche vom Boden aufzuheben und den umliegend verstreuten Inhalt einzusammeln. Dabei hilft ihr ein fremder Mann. Er hat eine Stofftasche mit Indianermuster.

Herr Meier und das Eis auf dem Dach

Mit der oberen Hälfte seines Körpers hängt Herr Meier aus dem Dachfenster. Die Straßenlaterne wirft etwas Licht auf die Ziegel. Genügend Licht um die Eisschichten erkennen zu können. Mit einer langen Stange versucht er, dem zu Eis gewordenen Schnee den Garaus zu machen, alles vom Dach herunter zu stoßen.

Im Nachbarhaus hört Arnulf im Halbschlafein ein Klopfen. Ganz kann er es in seinen Traum nicht einordnen und so beginnen die Gedanken zu kreisen. Sie passen nicht in seinen Traum, besonders das jetzt beginnende schabende Geräusch. Seine Hand bewegt sich in Richtung Lichtschalter, sein Blick in Richtung Uhr. Es sind einige Minuten nach Mitternacht. An Gespenster glaubt er nicht und so überlegt er, was die Ursache der Geräusche sein könnten. Ihm fällt ein, dass unter ihm eine ältere alleinstehende Dame wohnt. Ob sie Hilfe benötigt?

Arnulf befürchtet das schlimmste. Er geht zum Flur und versucht zu nach unten zu lauschen. Beim Einschalten des Lichtes verstummen die Geräusche. Aber er hat noch genug gehört um festzustellen, dass das Klopfen nicht von der unteren Etage kam. Es muss vom Dach gekommen sein.

Arnulf löscht das Licht und wartet ab. Nach einer Viertel Stunde kommen wieder die gewohnten schabenden und klopfenden Geräusche. Jetzt hört er auch, wie einige Eisbrocken vom Dach rutschen und auf die Straße fallen.

Er lugt aus seinem Fenster in Richtung Dach. Da erkennt er einen Mann, seinen Nachbarn Herrn Meier. Arnulf traut seinen Augen nicht.
„Eisbruch ist zwar gefährlich" überlegt er, „aber wieso macht der

Herr Meier das Dach mitten in der Nacht eisfrei?"

Er spürt die Kälte seine Beine hochsteigen, die Heizung dreht er abends immer klein. Jetzt hinaus zu gehen und mit seinem Nachbarn zu reden, will er auch nicht. Er fährt mit der Hand zu seiner Nase, die ist auch schon ziemlich kalt.

Der kleine Zeiger seiner Uhr geht auf 1:00 Uhr zu. Arnulf beschließt, in sein Bett zu gehen und sich die Decke über den Kopf zu ziehen. „Soll der Meier doch arbeiten, ich hab's gemütlicher." Er überlegt, ob das Eis nicht morgen von selbst getaut wäre und Herr Meier sich so hätte die Arbeit sparen können. 'Ach, was kümmert der mich,' fährt es ihm durch den Kopf.

Nach einem letzten, kurzen inneren Kampf, bei dem er den Zeitaufwand eines nachbarschaftlichen Gespräches zu bestimmen versucht, verzichtet er weise zugunsten seiner Schlafenszeit.

Weiter kommen seine Gedanken nicht mehr.

Er ist wieder in seinen Traum zurückgekehrt.

Herr Meier und das Weihnachtsfest

„Möchten Sie nicht Weihnachten mit uns feiern?" Diese Frage, so unverhofft von seinem Nachbarn zu erhalten, überrascht Georg Meier. Mit großen Augen schaut er sein Gegenüber an. Etwas ungläubig dankt er für die Einladung und meint, er halte nicht sehr viel von diesem Rummel.

„Wir dachten, das heißt meine Frau dachte, wo Sie doch dieses Jahr alleine sind," stottert der Nachbar, „dass wir sie vielleicht einladen sollten. Es ist ja nicht schön, die Feiertage so alleine verbringen zu müssen, wo doch ihre Frau verstorben ist." Doch Georg Meier, dem diese freundliche Einladung gilt, scheint von der Idee nicht sehr erbaut. Er geht zu seinem Haus.

„Wissen sie, Weihnachten hat mich noch nie besonders interessiert. Ich kann dem nichts abgewinnen." Der Nachbar lässt sich nicht beirren und während Georg die Haustüre aufschließt, legt er nach: „Ich meinte ja nur, vielleicht wollen Sie doch. Meine Kinder singen übrigens schöne Lieder heute Abend. Die Älteste spielt auf dem Klavier. Das ist immer sehr schön." „Lassen Sie nur," meint Meier, „Sie sind nicht verpflichtet, mich sich da aufzuladen. Außerdem geht mir die Singerei am Heilig Abend auf den Wecker."

Kaum dass er das sagte, ist Herr Meier im Eingang seines Hauses verschwunden.

Nach dieser Abfuhr zuckt der Beinahe-Gastgeber nur noch die Schultern und feiert Heilig Abend mit seiner Familie, in großer Runde. So wie jedes Jahr. Und wie jedes Jahr ist Georg Meier – nun allein – in seinem Haus nebenan.

Nach der Bescherung geht der Nachbar hinaus auf die Terrasse, in die klare helle Nacht. Deutlich hört er auch draußen die Musik, die seine Kinder im Wohnzimmer spielen.

Da fällt ihm wieder Herr Meier ein, und so blickt er hoch, dorthin, wo er dessen Fenster weiß. Es ist dunkel, und seine Augen müssen sich erst umstellen. Nach und nach erkennt er deutlich Georg Meiers Schatten hinter dem Glas. Hinter einem offenen Fenster. 'Er muss die Musik hören', überlegt er und geht etwas weiter vor, um besser die Konturen Meiers erkennen zu können.

„Er wollte nicht bei uns sein," überlegt der Nachbar „er wollte unbedingt allein sein." Verständnislos blickt er hinüber, zum Fenster Georg Meiers. Der schaut immer noch weit hinaus in die Ferne.

Auch der Nachbar schaut jetzt in die gleiche Richtung. Er möchte zu gerne wissen, was Herrn Meier dort interessieren mag. Dann sieht er die kleine Blautanne, die sonst so allein und verloren in einer Ecke des Gartens steht. Wie jedes Jahr, haben sie auch diesmal eine Lichterkette an dem Bäumchen befestigt.

Jetzt, in seinem Schmuck sieht das Bäumchen so ganz anders aus, gar nicht mehr so allein und verloren. So schön stahlt es, so anders und erhaben sieht es aus, mit seinen vielen kleinen Lichtern. Ein feiner, dünner Schleier aus Helligkeit flimmert über dem Bäumchen. Zart, filigran, ein Hauch fast, dieser Strahlenkranz. Unwirklich und doch so schön, leuchtet der kleine Tannenbaum. Die Schönheit schein von ihm, dem Baum selbst zu kommen. Die Lichter verschmelzen mit der Tanne, die nun wie von einer anderen Welt erscheint.

Die Musik der Kinder klingt von weit, sie verstärkt Georg Meiers eigenartige Stimmung. Er kennt viele der Stücke, die seine Nachbarskinder spielen. Nun, in dieser stillen Nacht, klingen sie ihm wie eine verzauberte Melodie. Ob es wirklich die Kinder seiner Nachbarn sind, die diese Melodien spielen? Eine undefinierbare Wehmut erfüllt ihn.

Georg Meier sieht immer noch zum verzauberten Baum. Er spürt keine Kälte, die zu ihm durch das offene Fenster dringt. Die Lichter des Baumes senden mit ihren Strahlen Erinnerungen. Sie wärmen ihn. Georgs Ohren hören die Musik, deren Klang für ihn wie Töne einer anderen Welt sind.

Aus einer lang vergessen geglaubten Welt.

Nun ist diese Zeit wieder für ihn da.

Ganz allein für ihn.

Georg könnte sie mit niemand teilen.

Herr Meier von der Verwaltung

"Guten Tag," ruft Herr Meier der Kundin zu, die ihn so früh am Morgen in seinem Büro aufsucht. „Was wollen Sie?"

Die Frau erschrickt ob dieser barschen Aufforderung. So unfreundlich angeredet zu werden, hat sie nicht erwartet.

"Sie haben uns einen Brief geschrieben - wir sollen uns bei Ihnen melden." erwidert sie mit hilfloser Geste.

"Was heißt hier ‚wir'? Sie sind doch allein?" Frau D. blickt erstaunt. Offenbar ist der heute mit dem linken Fuß aufgestanden, denkt sie.
„Wir" erwidert sie freundlich, „das ist mein Mann."

"Das ist mein Mann?" fragt Herr Meier. „Sie kommen doch allein, und jetzt sagen Sie ‚wir', das sei ihr Mann. Ihren Mann gibt es aber doch nicht in der Mehrzahl. Und hier sehe ich nur eine Person, und das sind Sie. Also, sagen Sie mir jetzt was Sie wollen!"

Diese deutliche Aufforderung verwirrt Frau D. Was soll sie davon halten. So viele Fragen auf einmal. Und das am frühen Morgen.

Sie geht zurück zur Tür, nimmt ganz langsam die Klinke in die Hand, so, als müsse sie jeden Griff sorgfältig überlegen.

Ruhig dreht sie sich zu Herrn Meier um und sagt: „Auf Wiedersehen, entschuldigen Sie die Störung. Ich bin im falschen Zimmer..."

"Einen schönen Tag dann noch!" ruft ihr Herr Meier nach, während er seiner Kaffeemaschine einen prüfenden Blick zuwirft.

Die erste Kanne Kaffees ist inzwischen durchgelaufen.

Herr Meier trifft Herrn X

„Sie sind doch Herr Meier" ruft der Aussteller der Brieftaubenausstellung. Verblüfft und irritiert blickt Meier den Frager an.

"Aber, Sie sind doch Herr Meier, nicht wahr?" Meier schaut immer noch verblüfft. Dass hier, 1 Stunde Autofahrt von seinem Wohnort entfernt, ihn jemand mit Namen anspricht, noch dazu jemand, den er nicht kennt, das hätte er nicht erwartet.

"Kennen Sie mich nicht, Herr Meier? Ich wohne doch in ihrer Straße."
Er schüttelt den Kopf. "Ich kann mich leider nicht erinnern. Und Sie kennen mich? Aber - ich bin nicht von hier." Georg Meier ist ungläubig.

Deutlich zeichnen sich auf seinem Gesicht skeptische Stirnfalten, ab. Er kann nicht glauben, dass er hier Personen aus seinem Ort antrifft. Sogar Nachbarn.
"Sie glauben mich zu kennen? Ich bin aus D. Meinen Sie wirklich mich?"

"Natürlich, ich bin ja auch aus D. Ich wusste doch gleich, dass Sie Herr Meier sind."
Zwei freudestrahlende Augen blicken ihn an.
Es besteht kein Zweifel. Dieser Mann kennt ihn.
Aber wer ist dieser Mann. Der offenbar auch noch in der selben Straße wohnt.

"Ja, ich bin Georg Meier. Im Moment weiß ich aber nicht, wer Sie sind."

Diese Offenbarung fällt ihm schwer. Sie ist ihm peinlich. Aber, er weiß mit seinem Gegenüber nichts anzufangen.

Der nennt seinen Namen. „Ah" erwidert Meier und wiederholt den gehörten Namen wie ein Mantra. Sein Gegenüber erzählt ihm, dass er in dem ehemaligen Haus der Familie Eigloff wohne. Das Haus kennt Georg, und er nickt zustimmend: „Eigloff, bei Eigloff's".

Der Nachbar hat das Gefühl, weitere Beweise vorlegen zu müssen. "Ich gehe immer mit einem weißen Pudel in der Straße spazieren, den müssten Sie eigentlich des öfteren gesehen haben."

"Natürlich, der weiße Pudel." Jetzt ist bei Georg Meier der Groschen gefallen. „Und bei Eigloffs. Ach so, dass sind Sie!"

Angeregt unterhalten sich die beiden nun über gemeinsame Bekannte, über die Brieftaubenzucht, über das kleine Naherholungsgebiet, welches an ihre Straße grenzt. Es ist ein nettes Gespräch und Herr Meier findet den neuen Nachbarn, der nach eigener Aussage bereits fünf Jahre dort wohnt, sympathisch.

Am nächsten Morgen, seine Frau bereitet das Frühstück, steht Georg Meier gähnend am Küchenfenster. Auf der Straße führt ein Herr einen weißem Pudel Gassi.

"Tina," ruft er seine Frau „schau mal, der mit dem weißen Pudel, den habe ich gestern auf der Ausstellung getroffen. Stell dir mal vor, der wohnt in unserer Straße. In Eigloffs Haus. Seit fünf Jahren."

Tina tritt zum Fenster. Ja, diesen Nachbarn mit weißen Pudel hat sie hier schon gesehen.

Jetzt wissen sie endlich, wer diese Nachbarn sind, denkt sie und

68

möchte von Georg den Namen erfahren.

Er überlegt.
Der Name will ihm nicht einfallen.
Nein, den weiß er nicht.

Splitter

Begegnung auf dem Parkplatz

Im letzten Moment sieht Ilka Heitmann den Parkplatz neben der Eisenbahnbrücke. Unter einer schattigen Kastanie ist noch Platz für ein Auto.

Sie freut sich, bei dieser Bruthitze im Juli einen so guten Platz gefunden zu haben. Sie wirft das Geld in die Parkuhr. Nach einer Stunde wird die Standzeit abgelaufen sein, denkt sie und hofft, kein Protokoll zu bekommen.

Drei Penner sitzen auf einer Bank gegenüber. Sie ist froh, von denen nicht angebettelt zu werden und gönnt ihnen keinen Blick. Es könnte ja sein, dass sie sich dadurch zum Betteln animiert fühlten.

Mit ihrer Cousine und deren Mann geht sie sofort auf die andere Straßenseite, in Richtung der historischen Altstadt von Cochem.

Unbewegt sitzen die Drei, den Blick zu Boden gerichtet. Einer hält eine große Bierflasche in der Hand, wie einen Stock auf dem man sich stützen kann. Sie sind noch nicht ganz verwahrlost, aber die Tendenz ist unverkennbar. Wo sie sind, dort beschleunigen Passanten ihren Schritt, versuchen krampfhaft, sie nicht anzublicken.

Sie sitzen da als lebendes Mahnmal, wie tief man sinken kann. Wer will mit ihnen, den Versagern der Leistungsgesellschaft, etwas zu tun haben? Sie sind ausgegrenzt, sind Aussätzige, und jeder scheint zu fürchten, ein unheimlicher Bazillus könnte von ihnen überspringen, könnte auch sie anstecken, die sich immer immun glaubten.
Derweil zeigt Ilka ihrem Besuch die Altstadt. Proper und sauber

sieht das Städtchen aus, und sie freut sich, dass es ihren Gästen gefällt. Die Stadt soll der Höhepunkt ihrer kleinen Moselfahrt sein, und die Wahl war offenbar gut. Ihre Verwandten gewinnen so die besten Eindrücke von ihrer Heimat.

Zusammen besuchen sie ein Café, von dessen Terrasse man die beste Panoramasicht auf das Moseltal mit seinen Weinbergen genießt.

Gegen 17.00 Uhr kehren sie zum Auto zurück und Ilka sieht schon von weitem einen Zettel an dessen Windschutzscheibe. Auf diesem zentralen Platz mit dieser kurzen Parkzeit war es nicht anders zu erwarten, überlegt sie, und doch ärgert es sie.

Sie öffnet die Autotüren und wirft unwillig den Zettel in das Wageninnere. Da bemerkt sie, wie ein Mann auf sie zukommt. Es ist einer von der Parkbank. Freundlich fragt sie der Mann, ob sie aus Saarbrücken sei. Auf dem Nummernschild lese er „SB". Sie bejaht. Die zwei anderen von der Bank blicken zu ihrem Kameraden, halb interessiert und halb teilnahmslos, oder auch nur müde.

Ohne dass Ilka es will, hört sie sich fragen: „Kennen Sie Saarbrücken?" Der Mann scheint diese Frage erwartet zu haben und erzählt, dass er dort geboren sei und lange Jahre dort wohnte. Nun sei er aber Bürger der Stadt Cochem. Wie um sie zu trösten, zumindest empfindet sie es so, sagt er noch, es tue ihm leid, dass sie ein Protokoll bekommen habe.

„Na ja," sagt sie, immer noch ärgerlich, „kann man halt nichts machen." Worauf er ihr wieder sein Bedauern ausspricht, dass sie in der Stadt, dessen Bürger er nun ist, als Besucher diese Unannehmlichkeit hat.

'Zehn Euro', denkt sie, 'viel weniger als die Rechnung im Café.
74

Innerlich lächelt sie schon, dass ein ihr völlig fremder Mensch diesem kleinen rostbraunen Scheinchen soviel Bedeutung beimisst.

Und wieder, wie um es extra zu betonen, sagt er, dass er nun Cochemer Bürger sei, und es habe ihn gefreut, sie als Besucher aus seiner ehemaligen Stadt hier zu sehen.

Etwas verwirrt steigt sie in ihr Auto. Dabei sieht sie noch einmal in seine Richtung und bevor sie ihre Tür zuzieht, hört sie sich selbst ihm einen Gruß zurufen und ihm dabei alles Gute wünschen. Sie ist selbst darüber erstaunt, dass sie dies tut, aber dieses „Alles Gute", das weis sie, meint sie ehrlich.

Auf der Rückfahrt zu 'seiner' alten Heimatstadt, ist es sehr ruhig im Auto. So denkt sie nach, über diese drei am Leben gescheiterten Menschen und besonders über ihren Gesprächspartner. Auf eine rührende Art hat er versucht, seine Selbstachtung zu erhalten.

Er hat nicht versucht, sie um Geld zu bitten, etwa mit dem Argument, für sie die Parkuhr zu überwachen. Sicher hätte er auch die Münzen eingeworfen. Nun schämt sie sich ihres Stolzes, mit dem sie auf die Drei herabgeblickt hat.

In Gedanken hört sie wieder seine Worte:
„Nun bin ich Cochemer Bürger",
und das Wort „Bürger" hat jetzt für sie eine eigentümliche Bedeutung gewonnen.

Es war das einzige, worauf dieser Mann hinweisen konnte und womit er seine Zugehörigkeit zur Gesellschaft unter Beweis stellen wollte.

Es war das einzige, worauf er noch stolz war.

Besuch im Schlafzimmer

„Weber" steht auf dem Klingelschild. Inge drückt auf den Knopf. Hier soll sie vorsprechen und sich die Unterschrift für die bereits ausgezahlten 1.000,- Englischen Pfund, geben lassen. Damit sie diesen Betrag verbuchen und so dem Konto Frau Webers belasten kann.

In der Bank sprach diese immerzu von ihrer neuesten Errungenschaft, einem Schlafzimmer. Hierfür hatte die Bank auch ein Darlehn eingeräumt. Dieses Gespräch muss Inge wohl so abgelenkt haben, dass sie vergaß sich die Auszahlung der Pfund quittieren zu lassen.

Nun steht Inge hier, in ihrer Mittagspause. Und sie hofft, dass Frau Weber nicht so gesprächig ist wie am Vormittag in der Bank. Damit sie nicht zuviel ihrer kurzen Mittagspause verliert.

Mit einem freudigen „Ah, die Bank ist hier!" öffnet sich die Tür. Sofort glaubt Frau Weber zu wissen, dass dieser freudige Besuch nur ihrem neuen Schlafzimmer gelten kann.

Mit dieser Wendung hat Inge nun wirklich nicht gerechnet. Sie protestiert. Versucht zu erklären, dass sie nur wegen der fehlenden Quittung, wegen den englischen Pfund, hier ist. Eine Unterschrift benötige sie, mehr wolle sie nicht.

Die Kundin lächelt wissend und führt sie ins Wohnzimmer. Sie flüstert Inge zu, dass ihr Mann zur Zeit Nachtschicht habe und daher jetzt oben schlafe. Man müsse also leise sein.

Notgedrungen nimmt Inge in einem der großen Sessel platz. Sie spürt, wie sie darin fast versinkt. Sie sieht um sich und kommt sich nur noch kleiner vor. Die Möbel sind sehr wuchtig, dabei hat das Zimmer eher bescheidene Maße. Das Gefühl erdrückt zu werden, nimmt zu.

Frau Weber schreibt in gut lesbaren Buchstaben, sozusagen in schönster Schulschrift, ihren Namen als Empfangsquittung unter den Beleg. Dabei vergisst sie auch nicht den für sie offensichtlich wichtigen Zusatz „Frau" vor den eigentlichen Namen zu setzen. Wie ein wertvolles Dokument erhält Inge den Beleg überreicht.

"Und jetzt zeige ich Ihnen das Schlafzimmer!" Inge blickt in ein erwartungsfrohes Gesicht und erkennt, dass die Kundin die Angelegenheit mit der Unterschrift wirklich nur für einen Vorwand hält. Sie scheint fest davon überzeugt, dass ihr Besuch nur gekommen ist um die korrekte Verwendung des Darlehns, also den Schlafzimmerkauf, zu überprüfen.

Inge denkt sehnsüchtig an ihr Schinkenbrot und die bereits eingeschaltete Kaffeemaschine in der Bank, wo sie unverzüglich zurückfahren und ihre Mittagspause verbringen wollte.

Doch die gute Frau Weber lässt ihr hierzu keine Chance. Sie nimmt die arme an der Hand und führt sie ins Treppenhaus. Während sie langsam nach und nach die Stufen höher steigen, hat Frau Weber einige Details der Renovierung des Treppenhauses zu erzählen. So schöpft Inge Hoffnung, dem Besuch des Schlafzimmers noch zu entgehen und überlegt, wie sie das Gespräch in eine andere, unverfänglichere Bahn lenken kann.

Doch bei dem auf sie einstürzenden Redeschwall ist es schwierig klare Gedanken zu fassen und so steigen sie Stufe um Stufe höher, dem Schlafzimmer entgegen. Im Treppenhaus hängen alte, vergilbte Bilder. Diese stellen sich als Ahnengalerie heraus und werden Inge ausführlich erläutert. Es fallen Namen und Verwandtschaftsgrade, Hintergrundinformationen und Inge schwirrt der Kopf. Tapfer versucht sie weiter zu überlegen, wie ein Entkommen möglich ist.

Ihr fällt ein, dass Frau Webers Mann zurückgekehrt von der Spätschicht oben schläft. Was soll sie als Fremde denn im ehelichen Schlafzimmer? Doch für ihre Kundin scheint es eine große Ehre zu sein, ihr, und damit sozusagen „Der Bank", dieses Schlafzimmer zu zeigen.

Sie blickt hilfesuchend um sich und stolpert dabei über einen Wolpertinger, der seinen Platz auf einen der Stufen hat. Das Problem, welches viele von uns kennen, nämlich wie man eine große weiße Wand im Treppenhaus dekoriert, kennt man hier offensichtlich nicht. Die maßstabgetreue Abbildung einer Jagdszene erfüllt die Wand des Treppenhauses. Wieder fühlt sich Inge, trotz ihrer 1,75 Meter, irgendwie klein.

Zuspäht bemerkt sie, dass sie jetzt die letzte Stufe erreicht haben und sich im Obergeschoss des Hauses befinden. Ihre kleinen grauen Zellen begeben sich in den Endspurt. Doch es ist zwecklos. Die Gastgeberin öffnet mit bedeutungsvoller Geste besagte Schlafzimmertüre.

Ganz die Mode der Zeit, präsentiert sich der neu eingerichtete Raum. Links ein sechstüriger Spiegelschrank mit halogenbeleuchteten Schiebetüren. Die Vorhänge aus zartem Sonnenvoile, mit zartblauen Bändern eingefasste Übergardinen, das vergoldete Messingrohrbett mit zartblauer gekräuselter Überdecke. Daneben jeweils Beistelltischchen aus Rauchglas, dezent mit Spitzendeckchen dekoriert.

Vom schlafenden Ehemann, zu ihrer Erleichterung, findet sich keine Spur. Wie um sich zu vergewissern, blickt Inge sich im Raum um.

Da hört sie Hausherrin sagen: „Wissen Sie, das neue Zimmer ist uns zu schade, wir schlafen lieber im alten."

Und die Moral von der Geschicht?
Auch im wahren Leben gibt es Pavo's -
ob man's glaubt oder nicht

Die Geschichte von Pavo

Pavo, ein kleiner Pfau auf dem Anwesen Hesiods im peleponnesischen Sikyion, ist ein mürrischer Pfau. Die Hühner und Hähne, mit den er sein Futter teilen muss, würde er am liebsten verscheuchen. Sie sind für ihn nur minderwertiges blödes Federvieh. Die Bediensteten im Hause Hesiods respektieren ihn seiner Meinung nach nicht genug, nie und nimmer verzeiht er es ihnen.

Und dann ist da noch Jean, ein kräftiges Rind, den der Nachbarbauer immer vor den Pflug spannt. Jean hat ihm einmal aus Versehen auf eine seiner Federn getreten. Natürlich unterstellt ihm Pavo, dass dieser das absichtlich tat und ignoriert auch ihn. So, wie er inzwischen alles ignoriert, was sich auf dem Anwesen befindet. Dass man ihm, dem stolzen und intelligenten Pavo zumutet mit Kleinvieh und Tölpeln zusammen zu leben, ist für ihn untragbar. Pavo ist der Meinung, er habe eine weit bessere Umgebung verdient. Eine Umgebung, die seine Bedeutung erkenne und würdige.

Pavo macht sich auf den Weg zu Zeus um sich zu beschweren. Er weiß auch schon, was er dem Göttervater erzählen wird. Wenn der seine Neuigkeiten erführe, würde er Hesiod den Hof wegnehmen. Und wen außer ihm, Pavo, soll er dann den Hof geben. Er würde dann der neue Pächter.

Pläne für die Zeit danach hatte er auch schon gemacht. Er würde das Federvieh mit seinen, wie er es nennt, Kaffeeklatschrunden vom Hof verjagen. Und diesen Jean, den würde er zu Hephaistos in die Schmiede schicken. Dort gehörte der sowieso hin und nicht auf ein gepflegtes Anwesen.

Pavo weiß schließlich von was er redet. Jeden Morgen und jeden Abend schlägt er sein Rad. Aber davon verstehen die anderen ja nichts. Die rackerten und arbeiteten ja nur und verstünden nichts von Kultur. Wieso man diesem Hesiod den Hof übertragen hat, das kann er sowieso nicht verstehen. Aber damit wird es ja bald vorbei sein.

Hesiod, der die Gedanken seines Pfaues nicht kennt, ahnt nicht das kommende Ungemach. Er sitzt in seiner Schreibstube um die Gewinn- und Verlustrechnung seines Hofes zu erstellen. Diese wird er zur Vorlage beim Finanzamt, pardon, zur Vorlage bei Hermes, der als Gott des Handels auch für das Finanzwesen zuständig ist, benötigen. So brütet er auch in diesem Jahr wie all die Jahre zuvor über seinen Zahlen. Auch für ihn, der gewohnt ist mit Feder und Pergament umzugehen, ist es nicht leicht eine Steuererklärung abzugeben. Bei Hermes kann man nämlich nie wissen, ob man nicht übers Ohr gehauen wird. So ist genau zu überlegen, in welche Spalte er welche Zahlungen verbucht. Und ob es nicht Zahlungen gab, die man nicht verbuchen soll. Er ist grundehrlich und hat dann wegen der jährlichen Steuererklärung immer Gewissensbisse. Aber – dieser Hermes. Trotzdem hatte er Sympathie für diesen wieselflinken Gott der Lüfte. So wie er, Hesiod der Chronist, mit allen Göttern gut steht.

So ist auch der Hof seine Entlohnung die er vom Olymp für die Erstellung der Götterchronik bekam. Der Götterchronik, die der Nachwelt die Entstehung der Welt überliefern soll. Sie hatte er auf Zeus und der übrigen Götter Wunsch geschrieben. Alles haarklein und genau notiert, von Kronos dem Weltenschöpfer beginnend. Und wie es sich für einen korrekten Chronisten gehört, hat er alles festgehalten. Nichts beschönigt. So kam auch die eine oder andere Anekdote ans Licht der Nachwelt. Spitzen gegen die Götter, die sich in manchen Situationen sehr menschlich verhalten.

Inzwischen ist Pavo an seinem Ziel angekommen. Nach einem langen Marsch, besonders für einen Pfau war der Marsch sehr lang, steht er endlich am Olymp. Zeus jedoch hat momentan andere Sorgen. Soeben hat man ihm zugetragen, dass Hesiod die Geschichte von Prometheus Feuergeschenk an die Menschen ebenfalls niedergeschrieben und somit die Niederlage der Götter für alle Zeit dokumentiert hat. Unwirsch und noch ganz in seinem Götterzorn gegenüber Hesiod, empfängt er den kleinen Pfau von Hesiods Hof.

Ob dieser Pfau Zeus vielleicht Gelegenheit gibt Hesiod eins auszuwischen. Weil der etwas zuviel an der Wahrheit orientiert ist, mit seiner Chronistentätigkeit? Zeus lässt Pavo erst einmal reden um zu erfahren, was er von ihm will. Sofort glaubt unser stolzer Pavo, dass Zeus nun endlich seine, Pavos Fähigkeiten, im richtigen Licht sieht und würdigt.

Nun streckt Pavo seinen Kopf zu Zeus linkem Ohr und flüstert, Hesios sei total unfähig. Der Hof erwirtschafte zuwenig Produktion. Es seien auch vielzuviele alte untaugliche Tiere dort beschäftigt. Die fressen nur Futter und brächten keine Leistung. Und überhaupt das Wichtigste: Hesiod sei zu unrecht auf dem Anwesen, denn Demeter als Grundeignerin habe den Pachtvertrag vergessen zu verlängern. Sie traure so um ihre verlorene Tochter Persephone, dass sie alles nicht mehr richtig überwache. Nach Pavos Meinung, gehöre Hesiod weg und er, Pavo allein, wäre in der Lage das Anwesen gebührend zu führen. Dazu erbitte er den Segen der Götter, den ihm Zeus geben möge.

Pavo hat nun alle seine Karten ausgespielt. Mit klopfendem Pfauenherzen ist er sicher, eine Belobigung von Zeus zu erhalten.

Soviel Vertraulichkeit gehört belohnt, und er handelte ja nur im Sinne der Götter. Da war er sich 100 Prozent sicher. Zeus würde ihm jetzt ganz bestimmt den Hof übertragen.

Aber Zeus spielt mit anderen Karten. Er umgarnt Pavo nach allen Regeln der Götterkunst. Er trägt ihm zunächst die zwar unbedeutende, aber hochtrabend titulierte Stellung des Zeremonienmeisters an. Natürlich wissend, dass Pavo dies Angebot ablehnt. Denn der will nur Hesiods Hof, das hat Zeus durchschaut.

Zeus reibt sich innerlich die Hände. Er beugt sich zu Pavo und verspricht ihm den Hof. Wenn es denn stimme, dass Demeters Pachtvertrag mit Hesiod abgelaufen sei. Dann wäre ja der Hof frei und Pavo könne sich bewerben.

Zeus lacht in sich hinein. Was Pavo für ein ihm wohlgesonnenes freundliches Lächeln hält. Er ist vom olympischen Glanz verblendet, stolz endlich mit den Göttern auf gleich und gleich zu stehen, wie er glaubt, dass er den Fallstrick den ihm Zeus legt nicht erkennt. Und er ist so von der Audienz beim obersten Göttervater beeindruckt, dass er sich gar nicht vorstellen kann dass dieser ihm – aber sehen wir weiter.

Zurückgekehrt zum Hof trommelt Pavo alle zusammen. Er tat sehr wichtig. Zeus hat ihm, Pavo, den Hof fest zugesagt. Er macht bereits Pläne für die Zukunft. Der Hof solle zukünftig innovativ geführt werden. Die Rentabilität gesteigert und die überflüssigen Tiere entlassen – pardon freigesetzt werden. Es musste nur noch die Sache mit der versäumten Pachtverlängerung geklärt werden. Dazu brauchte er eine Betriebs- pardon, eine Hofmitgliederversammlung

Als zum anberaumten Termin alle Bewohner des Hofes anwesend sind, schreitet Pavo mit stolzen und wohlgesetzten Schritten zur eigens aufgebauten Rednertribüne. Er schlägt sein Rad so groß und schön, wie er es noch nie tat. Mit lauter Stimme ruft er nun das aus, was er vorher nur unter dem Siegel der Verschwiegenheit, quasi als Zermürbungstaktik, gegen Hesiod lancierte. Er ruft laut: „Du Hesiod, du bist unberechtigt hier auf diesem Hof. Seit zwei Jahren ist dein Pachtvertrag abgelaufen. Herunter musst du! Der unsinnige Pomp den du anstellst mit dem Hof, das ist nichts gegen das, was ich hier machen könnte. Ich bin Pavo, und einen Pavo übersieht man nicht wie du es tust! Daher, bist du unwürdig weiter hier zu sein. Ich habe das alles den Göttern vorgetragen. Dein Pachtvertrag Hesiod ist abgelaufen. Deine Zeit ist um! Ich bin der neue Herr!"

Pavo ist von sich selbst beeindruckt. Soviel Mühe hat er sich gegeben und bemerkt im ersten Moment nicht, dass alle ungläubig staunen. Keiner will ihm so recht Beifall zollen. Hesiod, den Pavo nicht beachtete und daher nicht weiß wo er steht, kommt, schwenkt mit der linken Hand ein Pergament und betritt die Rednerbühne.

„Liebe Anwesende und Kameraden" beginnt er, „offenbar ist unserem guten Pavo da einiges entgangen. Aber, er nimmt ja so wenig an unserem Leben hier teil. Daher kann man ihm verzeihen, wenn er nicht mitbekam, dass wir vor vier Jahren den Pachtvertrag verlängert haben. Diese Verlängerung wurde auf diesem Pergament von Zeus persönlich unterschrieben und vom Olymp genehmigt. Es ist ein unbefristeter Vertrag auf alle Zeit. Wir brauchen uns also keine Sorgen um den Hof zu machen. Sicher hat der gute Zeus mal wieder einen seiner Scherze mit mir machen wollen und du Pavo, du bist darauf hereingefallen."
Hiermit ist die Geschichte zuende.
Wie Pavo damit umgeht, wissen wir nicht.
Ob uns Hesiod dies in seiner Chronik berichten wird?
Warten wir's ab.

Die Demo

Mein Heimweg von der Bankzweigstelle, bei der ich seit acht Jahren beschäftigt bin, zum Wohnort, beträgt 14 km. Jeden Tag fahre ich diese Strecke. Zwischen Wohnort und Bank liegt die Stadt D. Es ist eine kleinere Stadt, eine Mittelstadt mit ca. 30.000 Einwohnern. Durch die Schließung des größten Arbeitgebers, ein großes Hüttenwerk, ist die Stadt arg gebeutelt. Man geht dort auch nicht mehr gerne zum Einkaufsbummel. Das Angebot ist nicht besonders, und das Publikum, na ja. Und dann die vielen Ausländer, die jetzt dort ihre Geschäfte eröffnen.

So hänge ich auch heute wieder auf dem Nachhauseweg meinen Gedanken nach, als mein Vormann plötzlich bremst. Man soll beim autofahren nicht träumen, denke ich, als ich gerade noch rechtzeitig zum stehen komme. Mein Weg führt genau durch die Mitte der Stadt. Scheint wohl jemand vor der Ampel eine Panne zu haben. Oder ein Unfall? Das gab es an dieser Kreuzung öfter, als die Ampelregelung noch anders war. Jetzt im Schritttempo, es geht also doch. Vom Auto aus sehe ich mir die Häuser an. Jugendstil, so um 1900 erbaut. Schöne alte Häuser, alle drei Stockwerke hoch und aneinander gebaut. Dort müssen damals reiche Leute gewohnt haben. Und wer wohnt heute da? Sozialhilfeempfänger, Ausländer und Asylanten.

Mein Vormann ist weitergefahren, fünf Meter. Und immer noch Schritt. An der Ampel liegt es nicht. Der Stau geht dahinter weiter. Auf der Kreuzung „Reißverschlußsystem", ein Auto von links, ein Auto von rechts. Das dauert. Wieso ist heute hier ein Stau? Dienstags ist doch nichts besonderes. In der Nähe ist der große Marktplatz mit dem Rathaus. Stau ist hier nur am Ostermarkt, an Kirmes oder bei einer Demonstration, wenn die Abschlusskundgebung am Rathaus veranstaltet wird. DEMO – das wird es sein!

In der Zeitung stand, dass wieder einige Ausländer sich selbst verbrennen wollten. Und hier, wo so viele wohnen; klar, das ist eine Demo. Drüben am Eck stehen auch zwei Polizisten mit Funkgeräten und Hunden. Was müssen die auch immer ihre politischen Probleme im Gastland austragen? Sie sind doch hier Gäste, da benimmt man sich nicht so. Sind doch selbst schuld. Und dann die Kriminalität. Man traut sich ja abends kaum noch heraus.

Endlich – jetzt bin ich hinter der Rathausstraße. Allein ½ Stunde habe ich durch diese Demo verloren. Jetzt nehme ich wohl besser die Abkürzung über die Bergstraße. Mein Blick geht über die Häuser des ehemaligen Arbeiterviertels.

Hier wurde die letzten 20 Jahre nichts mehr getan. Wie die Häuser aussehen! An der Ecke sehe ich zwei Räumbagger und einen Bau - Lkw. ‚Die reißen das Haus jetzt schon ab' denke ich. Das Haus war am Wochenende im Fernsehen. Brandstiftung. Molotowcocktail. Zwei türkische Frauen und ein kleiner Junge starben.

Am nächsten Tag fahre ich die gleiche Strecke. Bei dem heute üblichen Berufsstress und der Hektik waren die Gedanken acht Stunden nur aufs Geschäft gerichtet. Nun bin ich froh abzuschalten. Im Auto höre ich mir eine Englischkassette an. Bis ich Zuhause bin, wird eine Kassettenseite durch sein.

Aber – was ist jetzt? An dieser Stelle begann gestern der Stau. Soll das wieder ein Stau sein? Genau der gleiche Zirkus wie gestern! Aber wieso? Die können doch nicht schon wieder demonstrieren, oder sollte etwa . . . ? Das ist es, das Haus von gestern, das am Wochenende verbrannt ist. Da ist doch heute die Beerdigung oder Trauerfeier.

Ich weiß noch gut, als vor 20 Jahren das Haus meiner Schulfreundin verbrannte. Wir waren gerade ein Jahr aus der Schule entlassen. Ihre Eltern hatten eine Gaststätte. Der ganze Saal war mit Faschingsdekoration geschmückt. Und mit viel Holz war das großen Haus ausgestattet. Das brannte schnell. Ihre Mutter sprang aus Verzweifelung aus dem zweiten Stock, kurz bevor der Nachbar die rettende Leiter brachte. Sie schlug auf der Treppe auf, hatte zu ihren Verbrennungen innere Verletzungen. Nach acht qualvollen Tagen ist sie gestorben. Heute wohnt von der Familie niemand mehr in dem Ort. Keiner von ihnen hat die Erinnerung verkraftet. Auch das Haus wurde nie wieder aufgebaut.

Eine achtlos weggeworfene Zigarette soll die Brandursache gewesen sein. Über ein Jahr war der Brand das Thema im Ort. Bei der Familie hier sind drei Menschen gestorben. „Brandursache noch unklar, vermutlich Rechtsradikale..." hieß es in den Nachrichten. Und es wurde gesagt, dass die Familie hier schon seit zwanzig Jahren lebt. Vor fünf Jahren haben sie sich das Haus gekauft.

Irgendwie erinnert es mich an 1930. Aber wer weiß heute, wie es damals war? Demos, Aufmärsche und Kundgebungen. Mein Vater erzählte mir, dass er in dieser Zeit immer einen Revolver bei sich hatte. Mein Vater, der keinem Menschen etwas antun konnte.

Seine Mutter hatte dieses Ding besorgt. Sie sagte nie, wie sie es kaufte. Sie hatte Angst, dass ihrem Sohn etwas von „Den Anderen" zustoßen könnte. Es gab oft Schlägereien zwischen Rechts und Links, damals. Und wenn sie einen erwischten, konnte man nicht garantieren – Aber, das kannte ich nur vom Hörensagen. Heute brennen wieder Häuser. Damals besorgte meine Großmutter einen Revolver

Am nächsten Morgen lese ich Zeitung. Wirtschaftsteil – was tut sich – wie stehen die Kurse. Man muss sich informieren. Eigentlich müsste dies auf die Arbeitszeit angerechnet werden. Aber heute ist man ja froh, wenn man überhaupt einen Arbeitsplatz hat. Ich schlendere zu „Vermischtes". So früh am Morgen lese ich lieber etwas Leichtes. Da sehe ich den kleinen Artikel: „Opfer des Brandanschlages" und „...gestern wurde in einer kleinen Trauerfeier der Opfer gedacht. Der Bürgermeister überbrachte die Beileidsbekundungen der Stadt."

Ich blättere um und sehe auf zwei großen Seiten:

BAUHAUSMARKT ERÖFFNUNG
21.500 qm Verkaufsfläche im Stadtzentrum
viele Eröffnungssonderangebote

und darunter steht: „Da auch heute, am dritten Tag trotz erheblichem Einsatz der Polizeiordnungskräfte wiederum mit starken Verkehrsbehinderungen infolge der Eröffnung des neuen Bauhausmarktes gerechnet werden muß, bittet die Polizei alle Verkehrsteilnehmer ..."

Und wieder dreht sich alles nur ums Geschäft.

Fischgeographie

"Ich möchte 1 Pfund Seezunge", bittet die Kundin den Verkäufer.

"Junge Frau, was möchten Sie?" fragt Olaf Kern mit ungläubigem Blick zurück, so als habe er nicht richtig verstanden.

"Seezunge. 1 Pfund" bestätigt sie.

"Ist wohl ein besonderes Rezept. Haben Sie das schon öfter gekocht?" will er mit erkennbarem ironischen Unterton wissen.

"Ich möchte es einmal ausprobieren," erwidert die junge Dame.

"Hat Ihnen schon mal jemand so eine Seezunge verkauft?"
"Wie meinen Sie das?" sagt die junge Frau und ist verunsichert.

"Weil es so einen Fisch nicht zu kaufen gibt!" belehrt er seine Kundin und fährt fort: "Überlegen Sie doch mal: ,See' und ,Zunge', das hört sich doch nach Geographie an. Wo haben Sie das Rezept denn her? Sicher ist Ihnen da etwas durcheinander geraten!"

Während die Kundin nach dem Einkaufszettel greift, blickt sie halb schamhaft und halb hilfesuchend um sich. Kochen war noch nie ihre Stärke. Wenn sie ehrlich ist, kann sie gar nicht kochen. Nun hat sie das unbestimmte Gefühl, dass dieser Herr das wissen müsse. Sie muß sich mit einem Blick auf den Einkaufszettel vergewissern und nimmt ihn hervor. Laut liest sie :"Seezunge!" und sieht triumphierend zu Olaf Kern. „Das habe ich so abgeschrieben."

Erleichterung steigt in ihr empor, sie hat sich nicht blamiert. Das Kochbuch kann nicht irren.

"Da haben wir es, ein Druckfehler. Es sollte sicher ‚Seefisch' heißen!" ruft Olaf Kern aus, als habe er soeben eine Entdeckung gemacht.

Mit großen Augen sieht sie ihn an und hört: „An Seefisch habe ich heute Scholle im Angebot. Soll ich Ihnen davon ein Pfund machen?"

Sie bejaht. ‚Nur weg von hier!' denkt sie. Ihr Selbstwertgefühl ist auf dem Tiefpunkt. Olaf Kern tröstet sie: „Machen Sie sich nichts daraus! Kann ja jedem mal passieren, und für einen Druckfehler sind Sie ja nicht verantwortlich."

Während der Verkäufer die Ware einpackt, blickt sie zaghaft um sich. Erleichtert stellt sie fest, dass niemand ihren Fauxpas bemerkt hat. Sie ist immer noch allein am Fischstand.

Wortlos zahlt sie und ist froh, dass er ihr mit der ‚Seefisch-Scholle' so eine gute Brücke gebaut hat.
So hat sie doch wenigstens ihr Gesicht wahren können.

20 Minuten später kommt Olafs Chef zurück vom Fischmarkt. Sein Lieferwagen ist voll mit fangfrischer Ware. Olaf Kern nimmt eine große schwarze Werbetafel und schreibt in seiner schönsten Plakatschrift und weißer Farbe darauf:

SEEZUNGE – fangfrisch
1 Pfund zu 6,70 Euro.

Dabei muß er an seine junge Kundin denken und lächelt still vor sich hin.

‚Was die Menschen einem alles glauben!' überlegt er.
Aber – Schaden hat er damit nicht angerichtet, dessen ist er sich sicher.

Schließlich ist die Scholle viel billiger, sie kostet nur 4,80 Euro das Pfund.

Für immer getrennt?

Kerstin sieht hinab zu dem Hügel vor ihren Füßen. In den nächsten Tagen wird der Steinmetz die Einfassung und den Gedenkstein anbringen.

Der Wind bläst sehr kräftig in diesen letzten Oktobertagen. Sie stellt den Kragen ihrer Jacke hoch. In der ersten Zeit nach dem Tod ihres Mannes hatte sie nicht das Gefühl allein zu sein. Sie spürte die vertraute Nähe, freute sich, nach Dienstschluss in die gemeinsame Wohnung zu kommen. Für sie lebte er immer noch.

Sie blickt auf das Grab und versucht sich vorzustellen, wie sein Körper unter der Erde liegt. Sie kann es nicht. Ihr Herz, ihre Seele und ihr Gefühl können und wollen die Trennung nicht akzeptieren. So kann sie auch keine Verbindung zu diesem Grab aufbauen.

Sie weiß, es ist sein Grab, und sie wird es pflegen. Für sie aber lebt ihr Mann, nur dass er sich jetzt in einer anderen Welt befindet.

Wieder einmal sagt sie den Satz, den sie schon so oft in Gedanken zu ihm sagte: „Bitte, Schatz, verliere mich nicht!" Damit meint sie, bleibe in meiner Nähe, warte auf mich, damit wir später wieder zusammen sind, wenn ich auch dorthin komme, wo du bist!

In der letzten Zeit hatten Kerstin und Gerd häufig über ein Leben nach dem Tod gesprochen. Vielleicht hatten sie etwas geahnt. „Wenn wir wieder auf die Welt kommen, müssen wir unbedingt wieder heiraten!" sagte sie meist und fügte dann hinzu: „Und Du wartest dann auf mich!" Meist sponnen sie die Überlegungen noch weiter, wie sie es dann anstellen sollten, damit sie sich auch finden würden.

Ob sie sich als Nachbarskinder im Sandkasten treffen sollten? „Aber nicht als Geschwister,“ sagte er einmal „das wäre schrecklich.“ Und sie lachten.

Auch Kerstin musste nun wieder lächeln.

In der kurzen Zeit ihrer Ehe hatten sie beide das Gefühl, ihr Schicksal sei Bestimmung. Sie konnten nicht glauben, dass alles nur Zufall war. Zu unwahrscheinlich erschien ihnen diese Annahme bei ihrer beider Lebensgeschichte.

Es war für sie Bestimmung, und sie fühlen sich wie verwandte Seelen. „Dualseelen“ denkt sie, während sie den Weg nach Hause geht. Sie geht den Feldweg, wie in ihrer Kindheit. Damals war das die Abkürzung auf dem Schulweg.

Sie will nicht „durch's Dorf“, wie man in dem kleinen Ort sagt. So in Gedanken wie jetzt ist man gerne ungestört.

"Dualseelen“ Der Gedanke tröstet. Und doch weiß sie jetzt nicht mehr, was sie denken und glauben soll.

Irgendwann hatte sie von einer indianischen Sage gehört, dass Gott die Menschen als Mann und Frau in einer Person erschuf. Später, als er Licht und Finsternis, Erde und Meere trennte, trennte er auch Mann und Frau. Seit dieser Zeit suchten die Menschen immer nach der verlorenen Hälfte ihrer Seele. ‚So fühlte ich', denkt sie und sucht dieses Gefühl, um sich daran festzuhalten und zu wärmen.

Jetzt hat sie den kleinen Steg erreicht, wo sie in ihrer Kinderzeit mit der Freundin immer Rast machte und lange philosophische

Gespräche über Gott und die Welt führte. Der kleine Steg hat heute sogar ein Brückengeländer, so hält sie sich daran fest, lehnt sich an und blickt in das leere Bachbett.

In Gedanken sieht sie, wie Wasser über die Kieselsteine fließt. Hinter dem Steg kommt der ungemütliche Teil des Weges. Durch ein kleines Waldstück muss man den Hang hinauf, um oben wieder auf die Straße zu gelangen. Doch das hat Zeit, hier kann sie noch ihren Gedanken nachhängen.

Sie sieht das Flussbett ohne Wasser und ist sich auf einmal nicht mehr sicher, ob es ein Leben nach dem Tod gibt. ‚Ob doch einfach alles aus ist?‘ überlegt sie. Als dreijähriges Mädchen hatte sie ihre erste Begegnung mit dem Tod gehabt. Ihre Großmutter hatte damals versucht zu erklären, was Sterben bedeutet.

Als sie nach diesem Gespräch mit der Großmutter abends im Bett lag, versuchte sie sich vorzustellen wie es ist, wenn sie tot sei, wenn sie nicht mehr denken und fühlen könne. Damals gelang es ihr nicht, sich das vorzustellen. Auch heute gelingt es ihr nicht. Doch ihr Glaube, dass mit dem Tod nicht alles ein Ende hat, dass man in irgendeiner Form weiter existiert, diesen Glauben hat Kerstin auch nicht mehr.

Ob sie zuviel erwartet hat? Im Stillen hatte sie auf ein Zeichen gehofft. ‚War es das? Nur weil keine Klopfzeichen und Spukerscheinungen kommen, kann ich doch nicht verneinen, an was ich bisher glaubte.‘ sagt sie sich. Zum erstenmal spürt sie, dass noch mehr gestorben sein muss. Sie fühlt, wie die Erinnerung an die schöne gemeinsame Zeit schwächer wird. Dabei ist dies ihr Schatz, das wertvollste ihrer Beziehung, was sie sich für immer bewahren wollte. Nun ist auch das gefährdet. Und da ist auch wieder ihre Bitte: „Verliere mich nicht!"

Der Abend an diesem Tag verläuft wie immer. Seit sie wieder allein ist bestimmt das Fernsehprogramm Abend und Schlafenszeit. Da muss sie nicht denken. Das ist angenehm.

Vor dem Einschlafen streckt Kerstin die Hand hinüber ins andere Bett, wie sie es früher tat, und sie fühlt seine Hand in der ihren.

Wohl Stunden nachdem sie eingeschlafen ist, hört sie Töne, ähnlich wie eine Melodie, nur anders. Sie ist in einem Zustand, den man nicht Schlafen und auch nicht Wachen nennen kann.

In diesem seltsamen Wahrnehmungsbereich hört sie eine Stimme: „ ... denn zwei Herzen, die sich lieben, können nie verloren gehen ...“

Sie richtet sich auf und sieht um sich. Im ersten Morgenlicht sind die Konturen des Zimmers deutlich erkennbar.

Niemand außer ihr ist anwesend, im Haus ist es still, kein Radio spielt. Sie atmet tief ein und fühlt eine Gewissheit in sich, die mit jedem Atemzug stärker und klarer wird.

Sie hat ihre innere Sicherheit wieder gefunden.

Immer wird sie seine Nähe fühlen.

Gutschein für einen Besuch

Heinrich D. ist 87 Jahre alt und lebt in Berlin, seiner zweiten Heimat. Seit dem Tod seiner Frau vor zwei Jahren versorgt er sich allein. Er geht zweimal in der Woche einkaufen, putzt und kocht. Sein Repertoire als Koch besteht aus Pellkartoffeln, Tütensuppen und Pudding.

An seinem letzten Geburtstag erhielt er einen Gutschein. Einen Gutschein für einen Besuch. Die Idee dazu hatten Nachbarn vom Radio. Jeder von uns kennt in seiner näheren Umgebung Menschen wie Heinrich D. Sieht man genau hin, wird man feststellen, dass man um die näheren Lebensumstände dieser Menschen nicht viel weiß. Man findet es toll, wenn ein 87 Jähriger Witwer allein seinen Haushalt versorgt. Bei zufälligen Begegnungen tauscht man Gemeinplätze aus. Lobt ihn wegen seines vermeintlich guten Aussehens und seiner Energie. Wie viel Energie dies aber den 87 Jährigen Herrn kostet und warum er dies auf sich nimmt, wissen wir meistens nicht. Da ist ein solcher „Gutschein" ein Entree, ein guter Aufhänger, Menschen in näheren Kontakt miteinander zu bringen.

Bei einem solchen Nachmittag erfuhren die Nachbarn, dass Herr D. sich vor kurzem einer Operation unterziehen musste und seither die maximale Gehstrecke nur noch 100 Meter beträgt. Seine beiden Kinder leben 500 km. von Berlin entfernt. Der Kontakt ist spärlich. Beide, besonders der ältere Sohn, haben dem Vater die Wiederverheiratung und den Umzug nach Berlin nie verziehen.

Was dem alten Herrn bleibt, ist, sich mit seiner Situation abzufinden, will er doch nicht in ein Altersheim, dieses Endgültige, die Wartehalle auf den Tod, wie er es nennt. Und im Stillen hofft er, dass er sich mit seinen Kindern versöhnen kann und ihm ein Sterben in der Familie geschenkt wird.

Wie viel oder wenig wissen wir von unseren Nächsten? Von den Schicksalen, die sich innerhalb vier Wänden abspielen, die vielleicht nur wenige hundert Meter von uns entfernt sind. Ab und an fassen wir uns ein Herz und suchen diesen Kontakt, klopfen an bei Menschen, an denen wir immer geschäftig vorbeigingen. Wenn daraus noch ein dauerhafter Kontakt entstünde, so wäre das für beide Seiten ein echtes Geschenk.

Denn, auch wenn dieser Gutschein nur für einen einmaligen Besuch ausgestellt wird, für einmal Einkaufen, für einmal Hausputz usw., sollte es nicht bei einem einmaligen Kontakt bleiben. Hier denke ich an einen Satz von Antoine de Saint-Exupéry aus „Flug nach Arras": „Die Würde des Individuums verlangt, dass es durch die Freigebigkeiten eines anderen nicht geknechtet wird. Es wäre sinnwidrig, wenn man erlebte, dass die Besitzenden, abgesehen vom Besitz ihrer Güter, den Dank der Nichtbesitzenden beanspruchen."

Das Wort „Güter" in dem vorangegangenen Zitat kann man durchaus immateriell interpretieren. Freundschaften können auch Güter sein, sehr wichtige Güter sogar, wie Herr D. im Alter feststellt. „Nach und nach sterben sie alle weg oder werden krank, und der Kontakt bricht ab.

Irgendwann ist man allein", resümierte er beim letzten Besuch.

Herr Eckhardt von der Lufthansa

Normalerweise verläuft der Alltag eines Bankkassierers ohne große Höhepunkte. So ging Georg auch an diesem Tag ohne besondere Erwartungen an seinen Arbeitsplatz. Sein Arbeitsplatz ist die Hauptkasse einer größeren Bank. Doch dieser Arbeitstag sollte anders verlaufen. Gegen 10:00 Uhr morgens, Georg wollte sich auf den Weg in die Frühstückspause begeben, stand ein aufgeregter Mann an seinem Schalter.

"Entschuldigen Sie, ich brauche dringend für 1.000 Euro Reiseschecks!" Georg musterte den Mann, den er zuvor hier noch nie gesehen hatte. „Zahlen Sie die Reiseschecks in bar, oder soll ich vom Konto abbuchen?" fragte er und dachte bei sich: ‚Bis ich dem die Reiseschecks abgerechnet habe, ist mein Kaffee kalt.'

"Ich bin Herr Eckhardt von der Lufthansa, rufen Sie in Ihrer Filiale an, dort kennt man mich, Herr Eckhardt von der Lufthansa." Während Georg telefonisch die Kontoverbindung abklärte, ergoss sich ein Redeschwall über ihn.

Der Kunde erklärte ganz aufgelöst, er sei Pilot bei besagter Fluggesellschaft und müsse zu einem dringenden Einsatz nach Frankfurt. Von dort soll er eine Maschine nach Karatschi fliegen. Eigentlich habe er einige Tage frei, doch eben erhielt er die dringende Nachricht. Er wollte mal endlich ausschlafen als das Telefon ihn aus dem Bett läutete.

Das sieht man, dachte Georg, als er sich den Herrn näher ansah. Die Haare ungekämmt und einen Zweitagebart. Wahrscheinlich hat der auch noch nichts gefrühstückt, dachte Georg weiter. Als ob der Pilot Gedanken lesen könne, sagte er: „Sehen Sie nur wie ich aussehe, es ist ganz dringend, nicht mal Schuhe habe ich an."

Georg konnte zwar nicht durch den Tresen hindurchsehen, glaubte ihm aber aufs Wort. Während er die Schecks abrechnete, bemerkte er, dass Herr Eckhardt ständig Leute im Raum grüßte. Er schien gut bekannt und sehr freundlich zu sein.

Nachdem das Geschäftliche erledigt war, bat dieser Georg ein Taxi für ihn zu bestellen. Er müsse eiligst zu seinem Flieger. Es sei schon nach 10:00 Uhr und um 13:12 Uhr solle seine Boeing starten. Hoffentlich sei kein Stau auf der Autobahn.

Georg musste weitere Kunden bedienen, und so wartete unser eiliger Pilot in der Schalterhalle auf sein Taxi. Er grüßte imaginäre Personen, Personen, die nicht anwesend waren. Vielleicht gingen sie auf der Straße vorbei, und er sieht sie durch die Glastüren, dachte Georg. Dann sah er noch, wie sein Kunde sich ganz aufgeregt mit einer Kollegin unterhielt und gestikulierte. Als das Taxi kam, war Herr Eckhardt nicht mehr da.

Einige Tage später saß Georg mit seinen Freunden im Tennisclub. Herrn Eckhardt hatte er schon vergessen, als einer aus der Runde von einem Mann erzählte, der in der Stammkneipe seine Bierchen mit Reiseschecks bezahlte. Georg horchte auf. Das war ungewöhnlich, denn Reiseschecks werden nur in Banken angenommen. Ja schon, aber der Wirt kenne „den" und wisse, dass das in Ordnung gehe, wurde Georg belehrt. Jemand fragte, wer das wohl gewesen sei. "Ach, das war der Eckhardt von der Lufthansa".

Jetzt war Georg hellwach. Wieso Lufthansa, der sei doch Konstruktionschef von Daimler-Chrysler, warf ein Dritter lachend ein.

Wie um eins draufzusetzen, sagte der Erzähler: „Als ich ihn das letzte Mal sah, war er Konstruktionschef und hat vom neuen Mercedes erzählt und mir das Modell beschrieben. Er hat auch beim Matz sein Büro, im Hinterzimmer der Kneipe. Wenn Du einen neuen Job willst, kannst Du dich bei ihm melden."

Jakob hatte bisher geschwiegen. Er richtete sich im Sessel auf und blickte in die Runde. Ganz langsam, ganz leise sprach er. Er sagte, dass Herr Eckhardt vor einigen Jahren einen schweren Autounfall hatte. Er selbst wäre nur wenig dabei verletzt worden, aber seine Eltern seien gestorben. Seither wäre er Konstruktionschef von Daimler-Chrysler, manchmal auch Pilot bei der Lufthansa, in Wahrheit sei er jedoch arbeitslos.

"Und was war er vorher?" wollte Georg wissen.

"Vorher", sagte einer, „vorher war der ganz normal."

'Vorher', dachte Georg

'Vorher'

Innenspiegel

Sandra wartet schon lange an der Haltestelle, als der Bus mit über 20 Minuten Verspätung ankommt.

"Endlich," sagt sie zu dem Fahrer, als sie einsteigt, „ich dachte schon –„
"In ‚Endlich' halten wir nicht!" unterbricht sie Georg Meier. „Erst sagen wir mal ‚Guten Tag', dann sagen Sie mir ihr Fahrziel, Frräääuulein."

Das ‚Fräulein' sagt er so betont, dass Sandra es nicht recht einordnen kann. Mit rotem Kopf erwidert sie trotzig: „Also, ich wollte nur sagen: ‚endlich sind Sie da' – wegen der Verspätung."

"Schön, dass Sie sich so um mich sorgen, Fräulein. Ja, wenn ich das früher gewusst hätte - - -„ Ein vielsagendes Lächeln gleitet jetzt über sein Gesicht.

Sandra schnappt nach Luft. Sie sucht verzweifelt nach Worten, doch es wollen ihr keine einfallen. Georg Meier bemerkt ihr rotes Gesicht.

Gönnerhaft meint er: „Aber Fräuleinchen, Sie sind ja ganz verlegen! Steht Ihnen aber gut!"

"Einmal Hauptbahnhof bitte!" zwingt sie sich heraus und blickt krampfhaft zu dem Fahrscheinblock. Erleichtert, nun ihren Fahrschein in der Hand zu haben, geht sie durch die Mittelreihe zu einem freien Platz.

Währenddessen beobachtet der Fahrer über den Rückspiegel ihren Gang, bemerkt wohlwollend die schlanken Beine und den engen Minirock des Mädchens.

Nun hat sie Platz genommen, und er sieht, wie es in ihrem Gesicht arbeitet, wie sie trotzig zum Fenster hinausblickt.

In ihm steigt Wärme und Freude auf, wie er das junge Mädchen so beobachtet. Er denkt an seine große Liebe, die auch immer so zornig und trotzig blicken konnte, wenn sie sich wieder einmal zankten.

Und er erinnert sich an die zahlreichen Versöhnungen, die darauf folgten und ein mildes Lächeln steht nun in seinem Gesicht.

Sandra spürt seine Blicke, und ihre Empörung wird größer. ‚Was denkt der sich eigentlich?' fragt sie sich ‚dieser eingebildete Macho – und jetzt grinst der auch noch!'

Inzwischen ist der Bus weitergefahren und Sandra hat sich etwas beruhigt. Souverän, ruhig und sicher lenkt Georg Meier den Bus durch den Berufsverkehr.

Dadurch beginnt Sandra Vertrauen zu ihm zu fassen und erschrickt doch gleichzeitig darüber, da sie dies spürt. So sieht sie schnell wieder zum Fenster hinaus, mit dem gleichen trotzigen Blick wie vorher.

'Das gleiche schöne lange Haar', denkt er und fühlt seine Hand über den Kopf seiner großen Liebe streichen. ‚Genau dasselbe Haar' denkt er wieder, und es fällt ihm ein, dass nun schon mehr als 20 Jahre vergangen sein müssen.

Inzwischen sind sie am Bahnhof angelangt und Sandra geht zum Ausgang. Wieder blickt er in den Spiegel und denkt: ‚Wenn damals nichts dazwischen gekommen wäre, könnte dieses Mädchen unsere Tochter sein.'

Und er lächelt ihr zu, als sie aussteigt.

Auch Sandra blickt zu ihm und nickt kurz mit dem Kopf. ,Scheint doch ganz nett zu sein,' denkt sie, ,auch wenn er mein Vater sein könnte.'

Karriereleiter

Zufrieden lehnt Hagen sich zurück und stützt beide Hände auf die Armlehnen seines Bürosessels.

'Ja,' denkt er, sein Mund spitzt sich zusammen und die Augen beginnen zu leuchten.

'Angriff. Man muß angreifen. Aggressiv sein. Zähne zeigen.' Langsam nehmen die Hände den Druck von den Lehnen und er sinkt zufrieden zurück.

Er konnte die Zähne zeigen.
Er war kein Weichling.
Die anderen waren 08/15.
So war er nicht.
Nicht einfältig.
Besser war er.
Auf zack war er.
Fühlte sich überlegen.
Spürte Kraft.
Versprühte Kraft.
Festen Schrittes trat er auf.
Weit ausladende Schritte.
Den Blick nach vorne.
Kopf hoch.
Er beugt nicht sein Haupt.
Er nicht.
Vor keinem.
Niemals.
Er war anders.
Er war besser.
Er hat es geschafft.

Er blickt zurück auf seinen Schreibtisch. Groß ist er - toll. Es war erreicht. Ein eigenes Büro mit 1a Teppichboden und Gardinen. Gardinen da, wo sonst nur diese hässlichen Bürojalousien hängen.

Und mit Vorzimmer. Dort sitzt Frau Schwegler, seine eigene Sekretärin.

In Gedanken blickt er auf das Namensschild an der Türe zum Vorzimmer: „Abteilungsdirektor Hagen Drais". Hier, im 7. Stock ihres Büroturmes herrscht eine gedämpfte Atmosphäre. Das hatte ihm immer so imponiert, wenn er mal hier herauf kam, früher.

Tief atmet er die Luft ein und genießt das einmalige Gefühl. Eine besondere Atmosphäre ist es hier.
Und er ist nun ein Teil davon.

Die anderen, lächelt er innerlich, Weichlinge, alles Weichlinge.
Looser.
Warmduscher.
Sesselfurzer.
Hatten dieselben Chancen.
Aber kein Biss.
Keine Ideen.
Dummköpfe.
Er hat es geschafft.
Er.
Er allein.

Wie klein sehen die da unten doch aus, von hier, von seinem Fenster. Wieder muss er diesen einmaligen Blick in sich aufnehmen, in sich aufsaugen und er geht zum Fenster.
Richtig erhaben ist für ihn das Gefühl.
Wie klein die Menschen sind.
Dort unten.
Ohne Namen.
110

Rennen wie die Ameisen.
Kleine Autos.
Spielzeugautos.
Lautlos fahren sie.
Alles ist lautlos.
Dort unten.
Nichts kann ihn erreichen.
Hier oben.
Kein Ton.
Er spürt sich über ihnen.
Körperlich über ihnen.

Plötzlich ist Frau Schwegler im Zimmer. Er hat sie nicht gehört.
Seine Gedanken fallen von ihm ab. Irgendwie fühlt er sich nackt,
schutzlos.
Er weiß nicht warum und doch ist ihm unwohl.
Er hört sie reden, ihre Stimme, die Worte.

Vorstand -
sofort -
Revisionsbericht -
Direktor Baumann -
Anruf -
eilt -

Wieso bringt er keine Antwort zusammen. Er stammelt. Er, er
konnte immer gut reden, diskutieren, mit Worten spielen und sie
benutzen. Nun ist es als spielten alle Worte in seinem Kopf mit
ihm das „Hasch-mich-Spiel". Das, was er nun stammelt, die
Worte, sie klingen wie zufällig eingefangen.

Er gibt den Versuch auf.
Hört sich nur noch denken:
„Vorstand - Direktor Baumann - ja, ich komme -"
- oder sagt er es in diesem Moment zu Frau Schwegler ?

Er weiß es nicht .

Er reißt sich zusammen.

Da war er wieder, der Abteilungsdirektor. Gönnerhaft lächelt er seiner Sekretärin zu während er hinaus eilt, zum Termin. Kleine Leute soll man bei Laune halten, hatte er einmal gehört.

Bei Frau Schwegler gelang es ihm gut. Er genoss, wie sie ihn bediente, den Kaffee und die Zeitung brachte, lästige Anrufe abwimmelte und geduldig seine Selbstanpreisungen ertrug.

Frau Schwegler war gut zehn Jahre älter als er, fast könnte sie seine Mutter sein. Es gefiel ihm mehr als er sich manchmal eingestand. Ihr konnte er Aufträge erteilen, ihr sagen, wie etwas gemacht werden musste und warum. Vor allem konnte sie nicht widersprechen. Sie musste tun, was er sagte.
Er hatte es geschafft.

Als er vom „Alten" zurückkommt, hält er Frau Schwegler keinen Vortrag, was er dem alles sagte - und wie er mal wieder gelobt wurde.

Verwundert blickt sie um sich, wie er an ihr vorbei in sein Zimmer stürmt. Sie sieht auf die Tür, so, als ob sie mit den Augen hören könnte. Und sie hört wirklich wie er seine Aktentasche packt, Schubladen öffnet und wieder schließt.

Die Gerüchte waren ja auch nie verstummt, geht ihr durch den Kopf. Sie waren von Anfang an da, die Gerüchte. Sogar stärker wurden sie. Vorigen Freitag hat Herr Werner von der Auslandsabteilung ganz offen von Scheingeschäften gesprochen, mit denen die Abteilungsbilanz von Herrn Drais hochgejubelt worden wäre.

„So hat der seine Zahlen getürkt". Diese Worte Herrn Werners klingen ihr wieder in den Ohren. Und die Revision hat vorigen Mittwoch den Ordner mit den Vertragsunterlagen ihrer Schweizer Niederlassung angefordert.

Dort war Herr Drais zwei Jahre Prokurist, erinnert sie sich nun. Fast lautlos öffnet Hagen Drais seine Tür, geht grußlos an ihr vorbei, schaut sie kaum an. 'Ob das der Abschied war' sie weiß nicht was sie glauben soll. Sie schüttelt innerlich den Kopf und hat noch immer ihren Blick auf die offene Tür gerichtet.

In diesem Moment fällt ihr das Bild im Gang gegenüber ins Auge. Ein modernes Gemälde, nicht besonders schön, doch sprach es sie immer auf eine eigentümliche Art an. Sie sieht genauer hin, sieht auf die Leiter in dem Bild und wie Menschen sich an die Leiter klammern, sich gegenseitig auf die Füße treten um nach oben zu kommen.

Auf jeder Stufe sind mindestens drei oder vier dieser Gestalten, alle ohne Gesicht, verkrampft zu einem unentwirrbaren Knäuel. Nur der oberste auf dieser Leiter, der ist anders. Heute fällt es ihr auf. Immer kam ihr etwas bekannt vor, an diesem Bild. Nun wusste sie es.

Das Gesicht dessen, der oben auf der Leiter stand,
der auf den anderen stand,
das Gesicht kannte sie.

Kollege – Freund ?

Endlich hat er einen ruhigen Abend. Nichts tun, entspannen, in seiner Wohnung rumlümmeln. Das hatte er lange nicht gekannt. Immer die Sorgen in seiner Firma, in seiner Abteilung. Seit zwei Jahren geht das so. Nur Ärger und Stunk. Dazu die Überstunden. Er konnte und wollte sich in seiner Situation keinen Fehler erlauben. Er ist in der Schusslinie des neuen Chefs. Wieso das so ist, wie er in dessen Schusslinie geriet? Er weiß es nicht. Er kann sich keinen Reim darauf machen. Er kann nur eins, dem Chef keine Angriffsfläche bieten. Dazu muss alles perfekt laufen. Nur keine Fehler machen, denkt er. Das sagt er auch immer wieder seinen Mitarbeitern.

Gerd greift zur Fernbedienung und zappt durch die Kanäle. Ungewohnt ist es für ihn. Seit fast zwei Jahren zum erstenmal, dass er pünktlich Feierabend hat. Gitta ist bei ihrer Freundin. Sie rechnet um diese Zeit nicht mit ihm. Ihm ist es recht. Er will jetzt keine Menschen um sich.
Einmal nichts denken müssen.
Den Kopf leer werden lassen.
Neue Energie tanken.

Die ganze Situation hat ihn doch zu sehr geschlaucht. Die ständige innere Anspannung, die Angst um seinen Beruf, um seine Existenz. Das hat alles eine Dimension erreicht, die seine Gesundheit angriff. Dies ist ihm alles bewusst.

Unmerklich fast, beginnt sein Kinn zu zittern. Ganz leicht, doch er spürt es und kann es nicht mehr kontrollieren. Er spannt seinen Körper, versucht die Kontrolle zu behalten. Bei den Händen gelingt es ihm. Doch sein Kinn will nicht. Nun spürt er eine Feuchtigkeit an den Rändern seiner Augen. Dieselbe Feuchtigkeit spürt er in den Nasenflügeln. Er, der sich immer so in der Beherrschung hat, er verliert in diesem Moment die Kontrolle. Wirft den Kopf zurück und lässt sich gehen. Spürt, wie Tränen über seine Wangen laufen.

Wie lange er so da liegt, er weiß es nicht. Er lauscht seinem Atem. ‚Nur nicht an die Firma denken.' Doch jetzt ist sie wieder da, die Firma. Die Firma, die ihn als erwachsenen Menschen zum hilflosen Wesen Kind macht. Nur gut, dass Gitta ihn nicht so sieht. Zusammenreißen, Mensch – reiß dich zusammen. Du bist kein Kind, du bist der Chef von 32 Angestellten. Und wenn oben ein charakterloses Arschloch sitzt, dann musst du ihm doch nicht noch den Gefallen tun und heulen. Deine Bilanz ist o.k., deine Abteilung ist seit Jahren an der Spitze mit den Verkaufszahlen. Reiß dich zusammen und mach dich nicht unnötig klein. Einmal tief durchatmen. Und doch, er ist in diesem Moment ein hilfloses Kind.

Nur gut, dass er in seinem Stellvertreter einen verlässlichen Mitarbeiter und Freund hat. Der einzige, mit dem er über das alles reden kann. Der einzige, der seine Situation versteht. Der einzige, dem er noch vertraut.

An diesem Abend geht Gerd bereits nach der Tagesschau zu Bett. Er braucht den Schlaf, die Ruhe, die Leere der Gedanken. Auch kann er so vermeiden, dass Gitta ihn in seiner jetzigen Verfassung sieht. Ihr will er von seinen Problemen so wenig wie möglich erzählen. Sie soll sich keine Sorgen um ihre beider Zukunft machen müssen.

Am nächsten Morgen fühlt sich Gerd einigermaßen erholt und gekräftigt. Alles unter Kontrolle, denkt er. Die Abteilung ist o.k., und mit seinem Stellvertreter hat er Glück. „Herr Drais wird Ihnen nicht in den Rücken fallen. Den können Sie zu ihrem Stellvertreter bitten." sagte sein Vorgänger zu ihm, als er die Abteilung übernahm. „Wissen Sie, Sie brauchen jemand, auf den

Sie sich Hundertprozent verlassen können. Der Drais ist so jemand. Der weiß, dass er Ihren Posten nie machen könnte, daher wird er immer loyal zu ihnen sein. Der ist froh, wenn er nach außen Ihr Stellvertreter ist."

Es war ein guter Tipp. Wenn etwas wieder gegen Gerd im Gange war, konnte er mit Boris darüber reden.

Nach der Mittagspause wird er von Boris Drais in dessen Büro gebeten. Offenbar hat er etwas auf der Seele. Aber Boris scheint nicht bedrückt, eher spürt Gerd von Boris Stacheln, so wie man bei einem Kind die Streitlust bemerkt. Das ist ihm neu und er vermutet wieder etwas gegen seine Abteilung im Gange.
"Hallo Boris"
"Grüß Dich Gerd. Du, ich habe jetzt endlich alles für die Feier zu meinem 25jährigen Firmenjubiläum geregelt. Der Rüdiger übernimmt die Organisation des Büffets und Paul bekommt über die Berliner eine Musikkappelle. Die vermittelt er mir zu günstigen Konditionen. Du hast doch nichts dagegen?"

"Nein, Boris, warum soll ich was dagegen haben." stottert Gerd und spürt, wie sich ein Stein in seiner Magengrube bildet.
"Wie bei der Verabschiedung von Herrn Burgner will auch ich auf Firmenkosten den Veranstaltungsraum haben. Das wird doch gehen?"
Gerd nickt.
Ihm ist dabei unwohl.
„Mit dem Direktor habe ich schon gesprochen und wegen der Laudatio angefragt. Es soll ja nicht irgendwer meine Laudatio halten. Er hat zuerst gezögert und wollte seinen Referenten schicken. Aber da hab ich zu ihm gesagt, dass ich nicht so tief runter will. Ich will doch keinen Referenten. Das sieht doch nach nichts aus. Wenn dann nur von ihm. Er hat mir auch inzwischen seine Rede zukommen lassen. Ich wollte Dich fragen, ob Du sie dann in seinem Namen verlesen wirst."

Gerd, der gerne selbst die Rede auf seinen Freund gehalten hätte, ist wie vom Blitz getroffen. Er schluckt. Wieder kann er nur noch eins, sich zusammenreißen. .

"Mach ich." grummelt er „Gibst Du mir die Rede schon mal, damit ich sie kenne."
"Ich gebe sie Dir kurz vorher. Hab sie jetzt nicht dabei." lenkt Boris ab und fährt fort:
„Die Leute, die mich dabei unterstützen, werde ich in der Einladung gesondert aufführen."
"Du wirst ein Programm drucken lassen?"
"Ja Gerd, ich drucke ein Programmheft für den Abend. Und jeder der etwas zum Abend gibt, mich unterstützt, dessen Name wird groß unter den Dankadressen aufgeführt. Die anderen Namen, die mir wenig oder nichts geben, die Namen sind klein gedruckt. Hier: Dein Name steht auch drin."

Der Finger zeigt auf die unterste Linie im Programmheft. Klein gedruckt ist dort Gerds Name zu lesen. Ganz unten und in der kleinsten Schrift.
Er spürt wie es ihn beginnt den Hals zuzuschnüren.
"Deine Abteilung gibt mir ja nichts zu dem Abend. Und die, die mir nichts geben, werden klein gedruckt."

Gerd hört Boris Lachen und versteht. Auf einmal ist es nicht mehr ihre gemeinsame Abteilung. Boris beginnt sich zu distanzieren. So, wie er auch bei den Vorwürfen gegen ihre Abteilung seltsam unberührt bleibt. Gerd nickt nur noch. Unter einem Vorwand verlässt er das Büro.

An diesem Abend bemerkt Gitta eine Bedrücktheit an ihrem Mann, die sie in dieser Intensität nie an ihm sah. Sie ist unsicher ob sie sich Sorgen um ihn machen muss. Und Gerd, der immer versucht soviel von seinen beruflichen Sorgen von Gitta fernzuhalten, kann an diesem Abend nicht anders, als ihr alles erzählen. All die Sorgen und fiesen Begebenheiten. Er erzählt einfach drauflos, ohne Struktur, ohne irgendeine zeitliche Gliederung, er erzählt einfach so wie ihm die Probleme einfallen und wahrscheinlich ist dies die beste Gliederung. Die drückendsten Probleme und Enttäuschungen zuerst.

Da sind die Unterstellungen der Versandabteilung, dass Belege nicht zuzuordnen wären. Die Behauptungen der Buchhaltung, dass unklare Buchungsanweisungen vorliegen. Verwendungsnachweise verschwunden seien. Und dabei ist auch die Mitteilung, dass Gerd das Grußwort ihres Vorsitzenden verlesen soll und damit ist klar, dass Boris hinter Gerds Rücken Kontakt zur Vorstandsetage knüpft. Offenbar sind es gute und für Boris nützliche Kontakte, denn sonst würde ihr Vorstand kein Grußwort für einen kleinen, unbedeutenden Stellvertreter senden. Er konnte sich auch nicht erinnern, dass der Vorstand das jemals unterhalb der Abteilungsdirektorebene, getan hat. Grußworte wurden nur den obersten Rängen zuteil.

Seine liebe Gitta sitzt ihm gegenüber und schaut ihn mitleidig an. Mitleid, Gerd wollte nie Mitleid, auch nicht von Gitta. Betroffen über sich selbst, da alles so hemmungslos aus ihm herausprudelt, sieht er jetzt zur Seite und erwartet Gittas Reaktion.

"Boris war mir schon immer suspekt. Dass er Dich als seinen Freund nicht bittet eine Rede zu halten, spricht doch für sich. Was würdest Du denn machen, wenn der Vorsitzende tatsächlich kommen würde? Von Dir ist keine Rede erwünscht! Du darfst nur vortragen was dir diktiert wird. Bist Du Dir sicher, dass Boris immer loyal ist?"

Gerd weiß, was Gitta meint und er ist froh, dass sie nicht weiterredet. Auch er hat inzwischen seine Zweifel. Erstmals wagt er sich all die Vorgänge der letzten zwei Jahre als „Mobbing" einzugestehen.

Draußen, in der kühlen Abendluft versucht Gerd bei einem Spaziergang seine Gedanken zu ordnen. Da sind wieder die Bilder von Boris, wie er sagt: ‚So tief runter will ich nicht'. Er, Gerd ist Boris also ‚zu tief unten' nur gut genug dessen Grußwort zu verlesen.

Zweite Wahl, denkt Gerd und ist froh, dass Gitta dieses Wort in ihrer klaren analytischen Art alles zu zerlegen, nicht ausgesprochen hat.

Jetzt war ihm auch bewusst, warum Boris nie bereit war, sich offen für Gerd einzusetzen. Nie den Versuch auch nur der Vermittlung für ihn zu machen. Wie konnte er vorher so blind sein.

Gerd wusste nun mehr, als er wissen wollte.

Er wusste, woran er war.

Das tat weh, sehr weh sogar.

Kurz vor Beginn der Feier erhält er von Boris die Rede. „Meine Laudatio" wie sie Boris nennt. Gerd lächelt gequält und fragt sich insgeheim, warum er das alles über sich ergehen lässt.

In der Rede steht, neben allem überschwänglichen Lob: ‚Mit Männern wie Boris Drais in unserer Mitte ist mir um das Weiterbestehen der Abteilung nicht bange.' Auch diesen Satz, diesen Hieb gegen ihn selbst, muss er nun vortragen.

Sein Entschluss ist gefallen. Zuhause wird sich Gerd an den PC setzten und seine Kündigung schreiben.

Boris Drais unterdessen telefoniert noch am Abend mit dem Vorstand um diesem persönlich für die Laudatio zu danken. Und um zu erzählen, dass Gerd das Wort „Kündigung" herausgerutscht sei.

"Der Vorstand wird die Kündigung zur Kenntnis nehmen. Er wird kein Bedauern aussprechen. Es wird auch nicht nach den Gründen gefragt. Sie Herr Drais, die Sie uns immer so gut unterstützt und informiert haben, Ihnen wird die Leitung der Abteilung übertragen!"
"Danke, Herr Direktor, danke. Bei mir werden es auch keine Unstimmigkeiten geben, wie bei dem guten Gerd."
"Das glaube ich Ihnen, Herr Drais," unterbricht ihn der Direktor „Sie wissen ja, wie man es anstellt. Also wissen sie auch, wie das verhindern kann, dass man so hereingelegt wird. Ich nehme an, dass es von jetzt an keine Reibungsverluste mehr geben wird!"

Boris verbeugt sich. So, als stünde Direktor Baumann ihm direkt gegenüber. Das Telefonat ist beendet. Ein Schauer läuft über seinen Rücken. Wie lange wusste wohl der Vorstand, dass er, Boris selbst, hinter all dem steckte?

Aber, das war jetzt egal.
Er hat das Ziel erreicht, für das er so lange gearbeitet hat.
Und der Vorstand braucht gewiefte, gerissene Männer.
Einen, wie ihn.
Einer der weiß, wie man nicht hereingelegt wird.

Kirmes auf der Grenze

Ungewöhnlich, nicht wahr: Kirmes auf der Grenze. Nicht an der Grenze, wie man vermuten könnte. Nein: Kirmes auf der Grenze. Das gab es wirklich. Und in den Erinnerungen meiner Kinderzeit sehe ich die Bilder der Buden und Schausteller ganz deutlich. Und mitten darin, die Brücke über die Rossel, der geöffnete Schlagbaum und die deutschen und französischen Zöllner, wie sie an diesen Tagen die Kirmesbesucher allesamt passieren ließen.

Doch in meinen Erinnerungen ist mit dieser Kirmes auf der Grenze untrennbar noch etwas ganz privates verbunden, mein Geburtstag.

So kommt es, dass meine Erinnerungen in dieser Beziehung untrennbar mit der Rosseler Kirmes und den kleinen Grenzorten an dem damals „schmutzigsten Fluß Europas", dem deutschen Großrosseln und dem französischen Kleinrosseln, verbunden sind.

Die Kirmes wird auch heute noch in beiden Orten am zweiten Sonntag im Oktober gefeiert. Die ersten bewussten Bilder der „Rosseler Kirmes" dürften sich mir im Jahre 1957 eingeprägt haben, also am meinem dritten Geburtstag. Zu einer Zeit, als wir hier noch das „Saargebiet" waren, mit dem Saarfranken als Währung und einer eigenen Regierung.

Auch eine eigene Fußballnationalmannschaft hat es gegeben. Sie hat bei den Ausscheidungsspielen zur Weltmeisterschaft 1954 in Bern gegen Deutschland, den späteren Weltmeister verloren. Ob sie allerdings 1957 noch bestand, kann ich heute nicht mehr sagen, war doch einem dreijährigen Mädchen Fußball, wenn es sich hier auch um eine wohl bedeutende Mannschaft handelte die es erreichte an den Weltmeisterschaftsspielen teilzunehmen, kein Begriff.

Vielmehr interessierten mich die vielen Buden, das Treiben, das Gedränge der Menschen auf dem Kirmesplatz. Der war damals die Bahnhofstraße, die kurzerhand für diese Festlichkeiten gesperrt wurde. Jedenfalls standen die Buden und Karussells links und rechts und mitten auf der Straße. Die Straßenbahn, deren letzte Station sonst immer in der Bahnhofstraße war, hatte an diesen Tagen die Endstation zweihundert Meter in die Ludweilerstraße vorverlegt.

So konnten die Menschen ungehindert die Buden bestaunen, sich mit dem Mann im Bärenkostüm fotografieren lassen - der besonders als Kinderschreck postierte - und sich mit Popcorn oder Zuckerwatte eindecken. Und sie konnten noch etwas, die „Rosseler" und zwar sowohl die Großrosseler als auch die Kleinrosseler: sie konnten an diesen Tagen ungehindert die Grenze zwischen ihren beiden Orten passieren.

Auf französischer Seite war der Kirmesplatz in Nähe der Grenze, nur 150 Meter entfernt. Auf deutscher Seite führte die Bahnhofstraße, die hier kurzerhand alljährlich zum Kirmesplatz mangels einer geeigneten Alternative umfunktioniert wurde, direkt zur Rosselbrücke, die gleichzeitig die Grenze zwischen den beiden Gemeinden ist.

Dieser „kleine Grenzverkehr" war wohl einmalig zur damaligen Zeit und sollte es noch bis in die 70er Jahre hinein sein. So lange, wie eine Kirmes noch viele Besucher in ihren Bann zog. Zwar verlagerte man bereits Mitte der 60er Jahre den Schwerpunkt der Rosseler Kirmes auf Deutscher Seite auf den damals neugestalteten Festplatz „Am Sumpen", doch weiterhin blieb an diesen Tagen der „Kleine Grenzverkehr" im wesentlichen unbeeinträchtigt. Nur für den Autoverkehr war die Grenze von da ab an diesen Tagen nicht mehr geschlossen. Etwas vom Flair unserer Kirmes fehlte von da an ...

Heute versuchen beide Gemeinden etwas von der Stimmung des Festes auf der Grenze wieder einzufangen. Im September, einen Monat früher als die Kirmes, findet nun alljährlich das Dorffest statt. Ein Fest auf beiden Seiten der Grenze und mitten auf der Brücke über der Rossel, des Grenzflusses der beiden Gemeinden seinen Namen gab.

Und so ist die Rossel, der kleine Fluß der außer den Gemeinden auch die Länder trennt, hier das verbindende Element. Nicht nur, daß er nur einige Meter breit ist, eigentlich ist er ein Bach, man kann über ihn hinweg sich unterhalten wenn es denn sein müsste. Bei der Saar ist dies schon schwieriger, bei Mosel und Rhein unmöglich. Obwohl auch unsere Rossel sich mit diesen Flüssen messen wollte.

Zumindest in den Jahren meiner Kindheit versuchte sie es mit ziemlicher Regelmäßigkeit. Irgendwann im Winter hieß es dann „Land unter" und die Rossel stand fast bis zur Hauptstraße und in den Kellern der Anlieger links und rechts der Grenze.

Mit meinem älteren Cousin stand ich dann ehrfürchtig an dem trockenen Ende der nun überschwemmten Bahnhofstraße und bestaunte das Geschehen. Dann überlegte ich mir immer, ob unser Haus auch in Gefahr wäre, würde das Hochwasser noch weiter steigen. Zu meiner Beruhigung kam ich jedesmal zu dem Schluss, dass dies nicht passieren könnte. Außer natürlich, die große Sintflut käme. Denn unser Haus lag auf einem Hügel, einige Meter höher als besagte Bahnhofstraße und somit außerhalb der Gefahrenzone. Beruhigt ging ich wieder zurück in die warme, trockene Wohnung.

Ja der Winter, er hielt bei uns immer nach der Kirmes Einzug. Um diese Zeit wurde mir ein neuer Mantel genäht. Als Kind wächst man schnell, so ist jährlich ein neuer Wintermantel fällig. Diesen nähten meine Mutter und meine Tante. Eigentlich war es meine Großtante, also die Tante meiner Mutter. Aber Großtante Anna wurde nur „Tante" gerufen, von mir und meinen zwei Cousinen und meinem Cousin. Tante konnte nähen, war genau wie meine Mutter Schneiderin. So waren die Anproben praktischerweise Zuhause, was ich als Kind aber noch nicht zu schätzen wusste.

Premiere für diesen Mantel war dann immer der Tag Allerheiligen, der 1. November, egal welches Wetter war. Ob es vorher kalt war, oder am 1. November warm, der Mantel wurde an Allerheiligen zum erstemal getragen. Nicht früher und nicht später.

Ob es aber nur zu meiner Kinderzeit so war oder ob es mit heutigen Mängeln in meinem Gedächtnis zu tun hat, kann ich nicht beurteilen. Ich meine immer, dass es damals an Allerheiligen verdammt kalt war.

Einmal, daran kann ich mich noch genau erinnern, war an Allerheiligen alles zugeschneit, als mein Vater mit mir an diesem Tag zum Grab meiner Großeltern nach Quierschied fahren wollte.

Wenn ich das heute so schreibe „fahren wollte", denkt jeder an eine Autofahrt. Das war damals ein Traum. Unsere Straße zählte ganze vier Personenwagen. Einen Peugeot, zwei Simca und einen Opel.

Ein ganz besonderes Auto war das „Cremeschnittchen", so genannt wegen seiner an ein Cremeschnittchen erinnernden Form. Ein beliebter, weil kostengünstiger französischer Kleinwagen.

Ein „Cremeschnittchen" hatte auch Familie Spingler. Ein älteres kinderloses Ehepaar, die ich kurzerhand irgendwann als meinen

Onkel und meine Tante bezeichnete und dort regelmäßig meine Besuche abstattete. Offenbar hatten sie mich auch in ihr Herz geschlossen. Auf kürzeren Fahrten nahmen sie mich des öfteren mit und ich saß ganz andächtig und ruhig hinten auf dem Rücksitz, beobachtete die Landschaft und wie mein „Onkel" den Wagen steuerte. Schließlich wollte ich ja lernen wie man ein Auto fährt, damit ich an meinem 18. Geburtstag ein eigenes Auto würde fahren können.

Bis dahin gab es noch einige Überschwemmungen der Rossel, noch einige Kirmesveranstaltungen auf und an der Grenze und schließlich den Wegfall des Schlagbaumes an der Rosselbrücke. So gibt es heute kein Herzklopfen mehr, wenn man mit dem Auto (und mit eventueller Schmuggelware) den Zoll passieren will.

Ob die Anekdote Wahrheit oder nur eine gute Erfindung ist, die in Rosseln immer wieder erzählt wird, weiß ich nicht. Aber ich möchte sie Ihnen nicht vorenthalten, auch wenn sie nur gut erfunden ist.

So muss denn in den ersten Jahren nach dem Krieg ein Bergmann aus Großrosseln zum Aufbessern des Haushaltsbudgets die im französischen Kleinrosseln billigeren Eier gekauft haben.

Da ihm kein besseres Versteck einfiel, legte der die Tüte mit dem Duzend Eier sorgfältig auf seinen Kopf, unter die Kappe.

So kam er zur Grenze, wo er sonst fast immer unbehelligt passieren konnte. Die Zöllner kannten mit der Zeit die Grenzgänger. Aber an diesem Tag, war es denn die Intuition des Zöllners, eine verräterische Ausbuchtung an der Kappe oder sonst etwas, der Zöllner kam auf den Mann zu und hielt ihn an. Als dieser die Frage nach zu verzollenden Gütern verneinte, klopfte ihm der Zöllner mit Schwung auf die Kappe und der Gute sah , wie an ihm Eiweiß und Dotter herunter liefen.

Ob er die Eier dann noch nachverzollen musste, berichtet die Chronik nicht mehr. Wahrscheinlich hatte hier der Zöllner ein Einsehen und dachte, dass der Gute durch das Gelächter der Umstehenden genug gestraft sei.

Liebeserklärung an mein Saarland
Oder: Das Saarland ist ein Dorf.

Im Saarland bleibt nichts geheim. Das Saarland hat seine "Besonderheiten". Wieso den offiziellen Weg beschreiten, wenn man jemand kennt, der wiederum jemand kennt, der die entsprechende Entscheidungsbefugnis besitzt.

Diese und andere Vorurteile - oder sollten es gar keine Vorurteile sein - haben ein langes und fröhliches Leben. Immer wieder tauchen sie irgendwo auf, tauchen wieder unter, geraten aber nie ganz in Vergessenheit. Und dann, bei einer passenden Gelegenheit sind sie wieder da.

So wie jetzt zum Beispiel. Und nun sitze ich vor meinem PC und überlege, wie ich die Botschaft , dass man sich im Saarland eben nun mal kennt, den Lesenden vermitteln kann.

Üblicherweise schreibt man eine solche Story in Mundart. Jetzt habe ich ein weiteres Problem. Im Saarland gibt es derer zwei, genauer genommen sogar drei. Einmal ist es das "Moselfränkisch", welches man im nördlichen Saarland, so um die Merziger Gegend spricht. Weiter spricht man das "Rheinfränkisch", und dann gibt es noch die Saarbrücker (Saarbrigger) Mundart, die aber mehr dem Rheinfränkisch zugeordnet werden kann. Aber bitte, legen Sie mich hier nicht fest.

Jedenfalls weiß ich genau, daß meine Mundart, die Großrossler (oder Rossler) Mundart, wieder etwas ganz eigenes ist. Schließlich ist Großrosseln ein Grenzort, dessen "Rest" den Namen Petite Rosselle hat.

Doch wie soll ich in dieser Mundart schreiben. Es gibt für

Saarbrücken ein Wörterbuch. Es gibt für Saarlouis ein Wörterbuch. Es gibt ....

Es gibt auch für Großrosseln ein   .... Nein, das ist kein Wörterbuch. Es ist eine Promotion über die Großrossler Mundart. Doch die Wörter in phonetischer Schreibweise kann mein PC nicht wiedergeben. Und wie soll ich verlässlich meine Mundart wiedergeben?

Soll ich überhaupt in Mundart schreiben? Bisher tat ich dies einmal und dies auch nur in wörtlicher Rede. Ich sehe auf die Uhr. Es ist spät und ich möchte diesen Text noch heute geschrieben haben. Ob ich das schaffe, wenn ich in Mundart schreibe?

Nun, ich müsste mir Rat einholen. Schreibe ich jetzt z. B. Vater mit 'fadder', oder klingt in Rossler Platt dieses Wort mehr nach 'fader', oder doch besser 'fadda'.

Bei wem Rat holen? Der eine kennt sich in Saarbrücken gut aus, die andere im Moselfränkischen, der Dritte .....   "Wer an der Straße baut, hat viele Baumeister" sagt ein altes Sprichwort.

Jetzt läuft Seppel, mein Kater, über die Tastatur des PC. Ich sehe auf die Uhr, aha, er will dass ich aufhöre, Schlafenszeit. An dieser Stelle beschließe ich in der Deutschen Hochsprache zu bleiben.

Ebenfalls beschließe ich, die alte Rechtschreibung zu benutzen. Mein PC besitzt sowieso nur die alte WORD 97 Version und mein biologischer PC hat sich mit der Rechtschreibreform aus irgendwelchen inneren Widerständen noch nicht angefreundet.

So hoffe ich nun, dass die Leser im "übrigen Deutschland" dies zu schätzen wissen, wenn ich die Deutsche Hochsprache benutze und an dieser Stelle unsere "kleine Leserschar" von gerade mal 1,1 Million Landsleuten im Saarland, die sich dann auch noch in mindestens drei Sprachregionen aufteilen, vernachlässige. Dies aber auch in der Hoffnung, dass diese durch das leichtere Lesen dieses Textes vergessen, dass er nicht in Mundart geschrieben wurde, wodurch zumindest Ungeübten das Lesen erschwert worden wäre.

So, nun habe ich alle Gründe zu meiner Entschuldigung angeführt und habe mich aus Gründen der angeblichen Zeitknappheit der Verpflichtung enthoben eine der saarländischen Mundarten aussuchen zu müssen.

Aber mein Thema war ja ein anderes. Was war es noch? Ach ja, die Saarländische Methode des "Ich kenne da jemand, der kann dir sicher weiterhelfen".

Und damit ist auch eigentlich schon alles gesagt. Alle, oder fast alle, kennen jemand. Oder sie kennen jemand, der/die jemand kennt. Ich zum Beispiel, ich kenne ... Oh, man, nein, korrekt ist: frau soll ja keine Geheimnisse ausplaudern.

Stellen Sie sich vor, Sie möchten ein Auto kaufen. In Berlin, Hamburg oder Bremen, gehen Sie zum Händler, unterhalten sich mit ihm, er sagt den Preis, abzüglich Rabatt. Jetzt gehen Sie heim und überlegen, ob sie mit dem Preis einverstanden sind oder einen anderen Händler aufsuchen.

Was tut man hier? Hier geht man nicht zum Händler. Hier geht man zu Leuten, die man kennt. Und die wiederum, kennen Leute, die genau diese Automarke die Sie möchten, verkaufen.

Oder sie arbeiten in der Fabrik, die diese Marke herstellt und 'verhelfen' Ihnen so zu einen Personalrabatt.. So geht es hier.

Interessanter wird dieses Beispiel, wenn es um die saarländische Lieblingsbeschäftigung des Bauens geht. Des Bauens, in allen seinen Variationen: des Umbauens, des Anbauens, des Neubauens, des Garagenbauens, des Gartenteichbauens, des Wochenendhausbauens ....

Erstaunlich, allerdings nicht für uns, ist die Tatsache, dass das Saarland eine höhere Eigenheimquote besitzt als Baden-Württemberg. Hier ist man in dieser Hinsicht fleißiger als im Land der "Häuslebauer". (Da man überall mit Stolz darauf hinweist, darf dies natürlich hier nicht fehlen!)

Auch die Bürokratie, die Gott vor das 'Häuslebauen' gesetzt hat, lässt uns hier kalt. Wie wir das tun? Wie schon, wir haben Bekannte, die haben wiederum Bekannte und die sitzen zufällig genau dort, z. B. in der Unteren Bauaufsichtsbehörde in Saarbrücken, die zuständig ist für das Genehmigungsverfahren.

Die Sache bekommt allerdings einen Haken, wenn wir bei unserem Baugesuch einen böswilligen Nachbarn haben. Auch das soll es geben, und um die Böswilligkeit hier weiterzutreiben werden Sie bemerkt haben, dass ich das Wort Nachbar allein nur in der männlichen Form geschrieben habe. Wobei ich aber nicht abstreite, dass sich Geschlechtsgenossinnen ebenfalls in dieser Weise negativ hervortun sollen. Nur, nicht so häufig, zumindest nach meinem Wissen. Der Gerechtigkeit halber möchte ich aber auch hinzufügen, dass ich durchaus voreingenommen bin.

Nun ja, der Bauantrag meiner Bekannten verzögerte sich hierdurch um 1/2 Jahr, bekam aber letztendlich doch seine Genehmigung und ein kleiner "Schwarzabriss" wurde freundlich übersehen, da diese dies begründen konnten. Saarländer wissen, was ich hier Ihnen mitteile. Für die übrigen übersetze ich:

Die gegnerische Partei erreichte durch Bekannte die Verzögerung der Baugenehmigung, die wiederum durch Bekannte meiner Bekannten endlich genehmigt wurde. Der für die

Fortführung erforderliche vorherige Abriss eines Gebäudeteiles war nicht genehmigungspflichtig, da ihnen von ihren Bekannten die entsprechende Argumentation zur Verfügung gestellt worden war.

Sie sehen, im Saarland herrschen wahre Salomonische Verhältnisse. Es gleicht sich alles aus, jeder erhält sein Recht, jeder kommt zum Zug. Der Nachbar erhält seine "Verzögerung", wir erhalten unsere Genehmigung, und jeder ist zufrieden.

Hiermit ist auch gleichzeitig die Effektivität der Saarländischen Bürokratie erklärt. Die meisten Gespräche dieser Art finden nämlich in der Freizeit statt. So können die Behörden ungehindert ihre Arbeit erledigen und erledigen in dieser Zeit wesentlich mehr Vorgänge als ihre Amtsbrüder und -schwestern im übrigen Bundesgebiet.

Wieso das hier so ist möchten Sie wissen? Das fragen Sie! Gestatten Sie, dass ich Sie zum Nachdenken auffordere. In diesem kleinen Land, gerade mal 1,1 Million Einwohner, wie sollen wir uns denn hier nicht kennen? Wir können uns doch nicht aus dem Weg gehen, selbst wenn wir es wollten.

Doch, wer will sich hier schon aus dem Weg gehen? Es gefällt uns doch gut hier. Man und frau kennt sich. Da gibt es keine Unbekannten, auch nichts unbekanntes im Verhalten. Man kennt das Gegenüber, weiß fast schon was gedacht wird, was im nächsten Moment getan wird, kennt die Familienverhältnisse.

Und wenn man diese nicht kennt, wird man sie spätestens jetzt erfahren.

So ist es doch nicht verwunderlich, innerhalb der Familie, sorry: innerhalb des Saarlandes streitet man.

Aber außerhalb des Saarlandes, dort streitet man nicht gegeneinander, dort streitet man dann miteinander.

Sie wissen ja: je kleiner die Familie, desto mehr hält sie zusammen.

Nur ein Bild

„Wär nicht das Auge sonnenhaft,
die Sonne könnt' es nie erblicken."
Goethe

Bedrohlich schneiden klingenscharfe Felsen den Himmel, Licht und Wärme kaum Platz einräumend. Gegen die Wucht dieser Massen scheint auch die Sonne nichts auszurichten. 1829 ist auf der Rückseite angegeben, die ein anderes Motiv aufweist. Es wurden beide Seiten bemalt, kein Platz ist verschenkt. Gleich beim ersten Betrachten fesselte mich dieses Bild mit seiner so eigenartigen Sprache und der in erdbraunen Farben gehaltenen Malweise. Bei einem Freund, der es unter ganz ungewöhnlichen Umständen im Jahre 1945 in Straßburg erwarb, habe ich es zum erstenmal gesehen.

Ich halte das Papier in der Hand und fühle die Jahre. Wieder betrachte ich mir „meine" Seite des Bildes und denke, wie bedrohlich die Felsen auf einen Wanderer wirken müssen. Stark und steil scheinen sie alles erdrücken zu wollen. Die rechte Seite wirkt noch steiler und unnahbarer als die linke Seite, welche aber zu ihren Ausläufern hin ebenfalls messerscharfe Konturen zeigt.

In halber Höhe ist ein Anwesen auszumachen, doch es ist verschwommen und undeutlich, wie ein Traumbild scheint es eingezeichnet. Sieben Fenster (oder sind es mehr?) blicken groß und einladend, als ob sie dem Besucher Rast anböten auf der Hälfte seines steinigen Weges.

Nun scheint mir fast, dass ein Teil des Hauses wärmende Sonnenstrahlen einfängt, während der andere Teil in kaltfeuchten Schatten gründet.

Zwei Felsen, wie Skylla und Charybdis Gefahr und Unheil drohend, und in der Mitte, fast unscheinbar und versteckt, Wasser, lebensspendendes Wasser. Ruhig strömt der Fluss und ist doch tief. So tief, dass man den Grund nicht erkennen kann, nur die Spiegelung der Kanten und Felsen ist zu sehen. Das Wasser wirkt erdfarben und dunkel.

Schon meint man die Strudel und Stromschnellen hinter der nächsten Biegung zu hören. Hier ist kein kristallklarer Widerschein der Sonne, kein fröhliches Wasserspiel. Nur ein paar unscheinbare Sträucher bücken sich ängstlich am Ufer, vom Wind ihrer einstigen Schönheit beraubt, gekrümmt und gebeugt, wie alte Menschen, die das Leben ihres steifen Stolzes beraubte, ihnen aber nicht ihre Würde nahm. Oder schenkt das Leben nicht gerade denen Würde und Weisheit, an denen es nicht spurlos vorüberging?

Verwirrend ist dies und doch so klar gezeichnet. Ein Bild des Lebens, das nur aus vier Elementen besteht und doch so facettenreich sein kann. Wo die Materie den luftigen Geist niederhält, ihn bedrohlich an das Niedere bindet und zuletzt zu erdrücken sucht.

Wirklich, im Vordergrund des Bildes ragt in einer Ecke ein Denkmal aus der Erde. Es sprengt die Schollen des Granitgesteins, um, wie von Bildhauerhand geschaffen, dazustehen. An jeder Seite geschmiedete Ketten, bereit, alles an sich zu binden.

Die Inschriften des Mahnmals sind nicht zu entziffern, wie so oft bei alten Denkmälern. *) Oder ist man nur nicht bemüht, die Schrift zu lesen und beraubt so diese Steine ihrer sinnstiftenden Funktion?

Etwas entfernt stehen zwei Menschen. Sie blicken einander

136

vertraut an, und ihr Äußeres lässt die große innere Übereinstimmung erkennen. Im Licht stehend scheint ein Teil von ihrem Licht auch dem Denkmal zuzufallen. Liebenden gleich haben sie sich von den Ketten befreit, verschenken Freude und Wärme an die Menschen, die ihnen begegnen. Wie Liebende sind sie einander Partner und Kamerad, und es ist unerheblich, wer der stärkere ist. Verstehend helfen sie einander und kennen keine Unterwerfung, kein geheucheltes Verzeihen, und ihr Mitgefühl ist echt.

Zwei Lichtgestalten inmitten des Dunkels und doch hell, fast sonnenhaft.

Zu ihnen gesellt sich ein Boot. Noch bemüht es sich die Biegung stromaufwärts zu segeln. Viele Menschen sind auf seinem Deck und auf fast alle von ihnen fällt das Licht. Sie halten auf das Ufer zu, dorthin, wo ein paar Sträucher das Denkmal zieren, dessen Ketten alles Menschliche an die Erde fesseln wird.

*) *Die Inschrift des Denkmals gibt den letzten Vers über der Höllenpforte in Dantes „Göttlicher Komödie", wider.*
Hölle 3,9: „Lasciate ogni speranza, voi ch'entrate"
„Lasst alle Hoffnung hinter euch, die ihr eintretet."

Schicksalskamerad
oder: **Eine alte Liebe.**

Frau Bergner wohnt seit gut zehn Jahren in unserer Nachbarschaft. Eine freundliche, nette Dame, ruhig und zurückhaltend. Man weiß nicht viel über sie. Sie hat wenig Kontakte, ab und an trifft man sich im Supermarkt. Sie scheint der Typ Frau zu sein, der es gut geht, gut situiert, ohne die Probleme, die anderen das Leben schwer machen. Man kann sich eigentlich nicht vorstellen, dass es ihr schlecht gehen könnte.
Wie es der Zufall wollte, kam ich vorigen Samstag mit ihr ins Gespräch und sie lud mich zum Kaffee ein. Ich kaufte einen Weihnachtsstern und erschien pünktlich gegen 15:00 Uhr mit diesem Präsent an ihrer Tür.

Nach Austausch der ersten Höflichkeiten breitete sich zwischen uns eine Stille aus, keiner wusste so recht, wie er die Konversation weiterführen sollte. Frau Bergner ist eine Generation älter als ich. Da bleibt schon mal der Gesprächsstoff aus. Wir saßen am adventlich geschmückten Kaffeetisch, zwei Kerzen brannten. Dann sah ich den grau-getigerten Kater auf ihrer Couch. Nun hatte ich etwas, um die Stille zu überbrücken. „Die Katze habe ich noch nicht oft in unserer Nachbarschaft gesehen. Wie lange haben Sie das Tier schon?" Es waren die Fragen, die man so unverbindlich und oft gedankenlos verwendet.

Doch meine Frage musste in ihr etwas berührt haben. Ihr Gesichtsausdruck wurde mit einem mal ganz weich. Sofort spürte man, wie viel ihr das Tier bedeuten musste. Mit liebevollen Augen sah sie zu ihrer Katze und begann:

„Genau 15 Jahre sind es her, da sah ich Franzi zum erstenmal. Damals wohnten wir noch in Heidelberg.

Nun ist er wieder bei mir, räkelt er sich auf der Couch in unserm Wohnzimmer und unternimmt Streifzüge durch die Nachbargärten.

Das, was seit unserer ersten Begegnung alles geschah, das ist ein trauriges Schicksal. Das Schicksal einer Katze, deren Liebe zu „ihren" Menschen sie nicht geschützt hat. Es ist auch mein Schicksal und das meiner Familie. Ein Wunder ist es fast, dass sich für uns und für Franzi alles noch zum Guten wenden konnte."

Sie sah mich mit einem ruhigen, zarten Lächeln an. „Wissen Sie, ich möchte fast sagen, er ist mein Schicksalskamerad."

Ihr Blick ging wieder auf Franzi, er hatte sich inzwischen zusammengerollt und schlief. Ich, ich war gefangen von den Worten, von dem was mir die Frau, die ich so gar nicht kannte, erzählte.

„Franzi war damals ein stattlicher Kater, 7,5 kg schwer und so selbstbewusst, dass mein Mann ihn auch schon mal mit Hochwürden anredete. Er muss drei oder vier Jahre alt gewesen sein, als ihn Elfi, unsere Tochter, auf einem Reiterhof fand, wohin er zugelaufen war. Mit einem gesunden Misstrauen gegenüber seiner Umwelt, kam er dort ganz gut zurecht. Aber dann ist er sehr böse an Katzenschnupfen erkrankt. Einer oft tödlichen Katzenkrankheit.

Dies war der Punkt an dem wir beschlossen, Franzi bei uns aufzunehmen. Nachdem er die Krankheit überwunden hatte, entwickelte er sich wieder zu einem prächtigen und rauflustigen Kerl. Aber im Haus, bei uns, war sehr verschmust. Und er hat uns mit einer liebenswürdigen Beharrlichkeit nach seinen eigenen Vorstellungen „erzogen". Nur tragen ließ er sich nicht. Auch heute noch nicht. Wenn man beim Streicheln den hinteren Teil des

140

Körpers berührte, wich er aus und hat miaut. Wir haben vermutet, dass er einmal einen schweren Unfall hatte. Auch die Stellung der beiden Hinterläufe sprach dafür.

Franzi hat bei uns seine Freiheit genossen. Stundenlange, ausgedehnte Streifzügen in die Umgebung unternahm er. Dann „schenkte" er uns Mäuse und Vögel wenn er zurückkam. Vielleicht wollte er uns Futterkosten sparen. Ja, so war er, „biologische Frischkost" ist ja auch gesünder als Dosenfutter. Vielleicht ist er auch deswegen so alt geworden?"

Frau Bergner lächelte mich an. Ich spürte, dass sie mir hier etwas aus ihrem Innersten erzählt. Mit meinem Blick teilte ich ihr mit, sie möchte weiter sprechen.

„Wissen Sie," und sie sah wieder zur Couch, „wissen Sie, dieses Leben mit Franzi war für meinen Mann und mich eine Idylle. Es entwickelte sich ein Band, das sich später als stärker herausstellen sollte, als ich dachte.

Zuvor aber „gewöhnte" mich Franzi daran, dass er bei uns, d.h. bei mir, im Bett schlafen durfte. Dafür hat er mich dann morgens um 5:oo Uhr geweckt. Hochwürden wünschte auszugehen. Beim Mittagstisch war er neben mir auf der Eckbank, streckte sein Köpfchen unter meinem Arm hindurch und stupste mich, wenn er etwas vom Tisch haben wollte. Oder versuchte, es selbst vom Teller zu angeln.

Unsere Tochter wohnte damals schon in Mannheim, in der Nähe ihrer Dienststelle.. Dort hatte sie ein Appartement im 4. Stock eines mehrstöckigen Hauses im Stadtzentrum.

Im Jahr 1989 mussten wir nach hierher umziehen. Natürlich sollte Franzi mitkommen. Nun kam etwas, womit wir nicht rechneten. Elfi stellte sich quer, behauptete auf einmal, Franzi gehöre ihr und wir müssten ihn in unserer alten Wohnung lassen. Das Haus war aber inzwischen vermietet. Nur im unteren Stockwerk hatten wir noch zwei Räume, die wir als Wochenendwohnung nutzen wollten. Und dort sollte Franzi wohnen! Alleine, ganz alleine! Die ganze Woche allein und darauf warten, bis jemand kommt.

Nicht einmal der Mieter, der die Aufgabe übernahm ihn zu füttern, bekam von Elfi die Erlaubnis ihn bei sich aufzunehmen. Man kann es sich nicht vorstellen. Ein Tier, immer allein in einer fast leeren Wohnung, plötzlich ohne Bezugsperson.

Wir hofften darauf, dass sich unsere Tochter besinnen würde, das dies nur eine vorübergehende Sache wäre. Aber, wissen Sie, wir ahnten ja damals nicht, dass ihr Verhalten die ersten Anzeichen einer schweren psychischen Erkrankung waren. Später hatten wir alle, besonders aber Franzi, darunter leiden müssen.

Elfi schaltete auf stur, Franzi gehöre ihr und wir mussten versprechen, ihn nicht „zu entführen". Wörtlich sagte sie „entführen". Wir stimmten mit schwerem Herzen zu. Der gute Kontakt zu ihr war uns wichtiger, außerdem hofften wir auf einen Sinneswandel ihrerseits. Das sie ihr Verhalten einsehen würde."

Frau Bergner standen nun die Tränen in den Augen. Ich wagte nicht, die sich zwischen uns entstandene Nähe dieses Gesprächs mit einer Zwischenfrage zu unterbrechen. Sie rang nach Fassung, als sie weiterfuhr:
„Dieser Sinneswandel kam nicht. Zusehens änderte sich Elfis Verhalten. Wir durften nicht mehr in ihr Appartement, sie wurde verbal aggressiv, behauptete Kollegen seien gegen sie, würden sie mobben. Schon vorher hatte sie kaum Kontakte, nun verprellte sie auch die letzten davon. Ihre Wohnung wurde in eine Festung verwandelt, sie besorgte sich Gaswaffen. Parallel dazu vernachlässigte sie ihre äußere Erscheinung immer mehr.

Sie zog sich von allem zurück, nahm keine Ratschläge an. Obwohl sie andererseits in stundenlangen Telefonaten Gott und die Welt nach allem möglichen ausfragte. Was sie aber dann letztendlich daraus machte, hatte nichts mit dem besprochenen zu tun - es war irrational. Einfach irrational.

Franzi, den wir ab und an bei unseren Besuchen trafen, war verändert. Er war unsauber geworden, machte sein Geschäft in der Wohnung. Es war erbärmlich. Wir wagten aber immer noch nicht, ihn mitzunehmen. Noch drei Jahre später hofften wir auf einen Sinneswandel.

Nach dem plötzlichen Tod meines Mannes reduzierte sich der Kontakt zu ihr weiter. Sie besuchte mich vielleicht einmal im Jahr, ich selbst durfte sie nicht besuchen. Mir waren nun die Hände gebunden, ich war von Informationen abgeschnitten.
In den wenigen Gesprächen die wir noch hatten versuchte ich soviel es ging über ihre Situation zu erfahren. Dabei musste man sehr taktvoll sein, sie war sehr sensibel. Immer musste man damit rechnen, dass sie überreagiert, ins hysterische abgleitet. Immer hatte sie das Gefühl, man wolle ihr „reinreden". Sie vermittelte anderen immer das Gefühl das man hat, kurz bevor man angegriffen wird.

Sie war wie ein verwundetes Tier, das beißt und um sich schlägt, wenn man helfen will. Ein verrückter Vergleich, aber dieses Bild kam mir immer wieder – so konnte ich sie verstehen und mich selbst das aushalten lassen. Und ich wollte doch nicht Gefahr laufen, das der Kontakt zu ihr abreißt.

Ich wusste, dass sie ständig Probleme auf dem Arbeitsplatz hat und mit den Kollegen, und dass es Franzi gut ginge. Obwohl ich an letzterem zweifelte, er wohnte noch immer in der halbausgeräumten Wohnung."

Frau Bergner schüttelte den Kopf. Sie konnte es auch heute noch nicht fassen, was geschehen war. Auch mir selbst ging das gehörte nach, es traf mich.

„Natürlich machte ich mir Sorgen. Sie können es sich denken. Aber was sollte ich tun? Ich musste die Situation aushalten. Das ging einige Jahre so. Das ging von 1992 bis 1999. Immer wieder dachte ich an Elfi. Und natürlich auch an Franzi. Dann, so um 1996 war es, hörte ich über den Mieter, Nachbarn hätten Elfi mit einer Anzeige wegen Tierquälerei gedroht. Nun schöpfte ich Hoffnung. Jetzt würde sich bestimmt das Blatt für Franzi zum positiven wenden. Elfi erzählte, das sie ihn zu sich in ihr kleines Appartement genommen hätte. Doch dort , das wusste ich, lebten bereits zwei Katzen und ein Hund. In zwei Zimmern, im vierten Stock, ohne Auslauf – nur mit einem kleinen Balkon. Selbst den, aber das wusste ich damals noch nicht, selbst den Balkon durften die Tiere nicht benutzen, den hatte sie verriegelt.

1996 war auch das Jahr, in dem mich Elfi zum letzten Mal besuchte. Danach hatten wir nur noch telefonisch Kontakt. Besuche hatte sie schon lange keine mehr zugelassen, Verwandten öffnete sie nicht die Tür. Sie ließ die Leute einfach vor der verschlossenen Tür stehen, hat einfach nicht geöffnet. Es war, als ob sie in einer Festung lebt, sowohl äußerlich, als auch innerlich. Keiner wusste, wie es ihr wirklich ging. Vorige Weihnachten war es, da lud sie mich überraschend zu sich ein. Ich hab sofort zugesagt und die Weihnachtsverabredung mit meiner Freundin abgesagt, damit ich zu Elfi konnte. Aber auch da durfte ich nicht zu ihr in die Wohnung. Wir trafen uns im Restaurant.“

Frau Bergner lächelte verlegen und zuckte mit den Schultern. „Ich kannte sie ja. Das machte mir nichts aus. Etwas komisch war es schon, aber, es war mir ja auch wichtig, sie überhaupt wiederzusehen.

Sie war in einem sehr schlechten Zustand, jammerte ständig über Mobbing und das sie keine Freunde habe. Ich war furchtbar erschrocken, als ich sie so sah. Ihren seelischen Zustand konnte sie nicht mehr verbergen. Und ich glaube, sie war an diesen Weihnachten so weit, dass sie ihre Situation auch vor sich selbst nicht mehr verbergen konnte. An diesen Tagen hat sie wohl erkannt, wie es um sie steht.

Während wir uns im Restaurant unterhielten, vermied ich es, das Thema auf Franzi zu bringen. Ich dachte, er sei ja gut in ihrer Wohnung aufgehoben. Ich hätte es besser wissen können. Auf der Straße, als ich mich von Elfi verabschiedete und gerade dabei war ins Auto zu steigen, erlitt sie einen Weinkrampf. An diesem Punkt war sie endlich bereit, meine Hilfe anzunehmen. Wir gingen zusammen in ihre Wohnung. Ich habe dann dort auch übernachtet. Damit sie nicht allein war.

Aber die Wohnung, die ich nun zu sehen bekam, ich habe sie nicht wiedererkannt. Ein Bild der vollkommenen Verwahrlosung, ich kann es ihnen nicht beschreiben. Ich hatte mir so etwas nie vorstellen können. Allein der Geruch – es war kein Sauerstoff in der Wohnung. Alles total verriegelt. Ich darf nicht daran denken. Ich konnte nicht mal etwas trinken, so hab ich mich geekelt. Und waschen brauchte man das Geschirr nicht mehr. Das wäre sinnlos gewesen. So verschmutzt war alles.
Am nächsten Tag habe ich sie ins Krankenhaus gebracht. Ihre Wohnung musste komplett renoviert werden. Alleine hätte ich das nie geschafft. Heute lebt Elfi in einer Wohngruppe, wo sie ihre andere Katze bei sich halten kann. Der Hund ist gestorben. Elfi wird psychisch betreut und ist jetzt in einer gesicherten Umgebung. Arbeiten kann sie nicht mehr, aber Kontakte hat sie wieder.

Wissen Sie, es war schlimm. Man kann es sich nicht vorstellen. Nicht, wenn man es nicht selbst erlebt hat."

Frau Bergner hält den Kopf unter sich gebeugt. Sie blickt unter sich, langsam den Kopf schüttelnd, als müsse sie sich heute noch etwas fürchten. Als sei ihr die Last zu tragen zuviel. Langsam geht ihr Blick wieder zu mir und hinüber zu Franzi.

„Franzi, ja Franzi, der ist nun bei mir. Als ich ihn vorige Weihnachten nach über acht Jahren wieder gesehen habe, da hat er mich sofort erkannt. Elfi sagte mir, dass er immer nur auf der Decke lag, die sie von mir geschenkt bekam. Er hat wohl am Geruch der Decke erkannt, woher sie stammt und so den Kontakt zu uns gesucht. Er hatte uns ebenso wenig vergessen, wie ich ihn.

Nach der ersten Begrüßung legte er sein Köpfchen in meinen Arm und schmuste mit mir, als sei ich nie weg gewesen. Dann ist er zu dem Tragekorb gesprungen, mit dem er immer transportiert wurde. Sein Blick, wie er mich so vor dem Körbchen angesehen hat, der war eindeutig „Nimm mich bitte mit!" Wie er mich da ansah, so traurig und doch so erwartungsvoll, das ging mir durch. Da war uns beiden klar, er würde zu mir kommen.

Dieser arme Kerl hat fast acht Jahre alleine in einer halbleeren Wohnung leben müssen. Dann war er, wo er doch immer seine Freiheit gewohnt war, in dem kleinen Appartement, in einem Zimmer eingesperrt, ohne Balkon, ohne Auslauf."

Frau Bergner wiederholte „ohne Auslauf, und vorher so lange allein," so als könne sie es selbst immer noch nicht verstehen, was da geschehen ist. Und es klang auch ein klein wenig, wie ein Selbstvorwurf. Sie hätte es besser wissen müssen, hätte vielleicht vorher eingreifen müssen.

„Ja, und dann kam Franzi zu mir. Es war auch Elfis Wille. Aber, ob sie ihr Verhalten erkannt hat – ich weiß es nicht. Während der dann folgenden zweistündigen Fahrt im Auto war er ganz ruhig. Er hat ganz aufmerksam die vorüberziehende Landschaft beobachtet, wechselte den Blick zu mir und wieder zum Autofenster. Er hatte keine Angst im Auto, ganz anders als früher. Wenn ich ihn da zum Tierarzt gefahren habe, war er ganz aufgeregt, er schrie vor Angst und machte das Körbchen nass. Nein, es war diesmal ganz anders. Er lag zufrieden da und betrachtete, wie ich uns Nachhause fuhr. Ganz so, als wüsste er, dass eine bessere Zeit beginnt.

Als wir hier angekommen sind, hat er mit hoch erhobenem Schwänzchen sofort sein neues Reich inspiziert. So, als wäre immer hier gewesen, als wäre dies hier immer schon sein Zuhause gewesen.

Jetzt ist er wieder der „alte", ist, wie er in Heidelberg war. Unser Kater Hochwürden. Wissen Sie" sagte Frau Bergner mit einem verschmitzten Lächeln an mich gerichtet, „wissen Sie, bereits am ersten Abend lag er wieder bei mir im Bett – alte Liebe rostet nicht. Er hat sich noch genau erinnert und so lange an der Tür miaut und gekratzt, bis ich nachgab. Und er weckt mich morgens um 5:oo Uhr, auch so, wie früher. Wenn ich mich auch ärgere, ich kann ihm nicht böse sein. Das Repertoire, mit dem er mich dazubringt ihn dann ins Freie zu lassen, ist erstaunlich. Von Anstupsen mit dem Köpfchen, über „Küsschen" auf die Nase, Miauen in allen Tonarten, tapsen bis zu Laufen über meinen Rücken, sogar Hypnotisieren durch „Anstarren", alles ist dabei.
Anfangs wollte ich ihm nur Ausflüge in unseren Garten gestatten. Immerhin ist er 19 Jahre alt, dabei werden Katzen im Durchschnitt nur 15 Jahre. Aber auch da hat er mich umgestimmt. Bei Ihnen und unseren anderen Nachbarn ist er ja inzwischen schon bekannt. Bei Herrn Hafner schaut er sogar manchmal durch die geöffneten Balkontüren herein. Nur mit den Vögeln und Mäusen klappt es nicht mehr. Die sind nun schneller als er und er fängt sie nicht mehr."

Franzi ist von seinem Schläfchen erwacht und zeigt an der Türe mit miauen, dass er zur Terrasse möchte. Mit Frau Bergner stehe auch ich auf und wir gehen ein Stück in den Garten. Die raue Winterluft tut mir gut und hilft meinen Gedanken.

„Hat Sie den niemand unterstützt, als Elfi sich so zurückzog. Was war mit den Freunden, Kollegen. War niemand da, der Ihnen in der Zeit geholfen hat?" Frau Bergner winkt ab, resigniert und müde.

„Ach, wissen Sie, wenn sie Probleme haben, dann sind sie immer allein. Die Leute haben doch alle mit sich selbst zu tun. Da meidet man die Probleme der anderen – und außerdem, wie hätte ich das alles erklären sollen? Ich wusste doch selbst nicht, zumindest anfangs nicht, wie ich es hätte einordnen sollen. Wie soll man da über etwas reden, das man selbst gar nicht begreift, versteht?"

Ob Elfi wieder gesund wird, wollte ich wissen. Frau Bergners Augen waren leer, blickten in die Ferne. Niemand wird darauf eine Antwort geben können, dachte ich und spürte doch, dass sie eine Antwort wusste. Aber es war eine Antwort, die sie nicht würde aussprechen können.

Beide sahen wir Franzi, wie er durch den Rasen schlich, an Sträuchern schnupperte. In der Stille unseres Gesprächs, hörten wir unsere Seelen. Ich verstand Frau Bergner – und - ich war betroffen. Es stimmte, was sie sagte. Hilfe erhält man nicht von denen, auf die man zählt. Man erhält sie von denen, von denen man es nicht erwartet. Hier hatte es sich zum Glück zum Guten gewendet. Am vorigen Weihnachtsfest war es.

Die Luft war klar, eine kalte klare Winterluft. Die Beleuchtung am Tannenbaum im Garten hat sich jetzt, bei der beginnenden Dämmerung, eingeschaltet.

„Dies macht er sehr gerne," Frau Bergner zeigte auf Franzi „besonders, wenn ihn dabei jemand beobachtet." Mit einem

148

schwungvollen Satz sprang er auf einen Baum, kletterte die Äste hinauf fast bis in die Krone. Dabei blickte er immer wieder zu uns. Nach jedem Blick, kletterte er ein Stückchen weiter, dann vergewisserte er sich wieder, dass wir ihm auch sicher zusehen, wie er sich geschickt in der Baumkrone bewegt.

Seine Augen, seine ganze Haltung sprechen zu uns und sagen: „Na, schaut her, bin ich denn nicht ein toller Kerl!"

Schöne Grüße

„Und sagen Sie Ihrer Mutter schöne Grüße." Frau D. stand wie benommen da. Doch schnell hatte sie sich wieder gefasst. Zu oft hatte sie diesen oder ähnliche Sätze in der Vergangenheit gehört.

War es früher anders, empfand sie es damals nicht so schmerzlich wie heute? Was war „früher"? Als sie wieder in ihrem Auto saß und den gewohnten Weg nach Hause einschlug, überdachte sie ihre Reaktion von eben. Wieder fühlte sie das schmerzliche Gefühl, zu einer leeren Wohnung zu fahren. Früher hatte sie sich gefreut, sie wusste, dass ein lieber Mensch sie erwarten würde.

Sie liebte diesen Menschen und wurde wiedergeliebt. Ja, es war gar nicht so lange her, da fuhr sie diesen Weg täglich. Und eben auf diesem Weg fühlte sie schon die Vorfreude. Zu Hause angekommen, würde sie rufen: „Hallo Liebling."

Und ihr Mann würde kommen und sie küssen. Wer kommt heute? Ach ja, heute kommt nur noch ihre Mutter, und für ihre Mutter waren auch diese Grüße. „Jetzt bin ich mit meiner Mutter verheiratet!" Halb im Schmerz dachte sie dies. Aber in den Augen der Mitmenschen ... Wie dachten die? „Haben sie früher auch immer meine Mutter grüßen lassen? Grüße von Menschen, die meine Mutter nicht kennen? Nein, diese Menschen grüßen meine Mutter aus Verlegenheit. Sie wissen, ich bin Witwe. Normalerweise würden diese Grüße meinem Mann gelten."

Frau D. wird wieder einmal schmerzlich bewusst, dass sie ganz allein ist. Und dass die Menschen wohl Probleme haben, eine alleinstehende Frau zu sehen. Ein Mann als Single fällt nicht auf. Eine Frau sieht man nicht gern allein. Sie „muss" wenigstens von einer Freundin begleitet sein – oder: der Mutter.

„Mit Mutter" denkt Frau D. „Oh Gott, ich bin doch auch so ein selbständiger Mensch. Warum immer diese Verlegenheitsgrüßerei? Sicher, man meint es gut, aber sie kränken mich. Ob ich diese Grüße überhaupt ausrichten soll?"

Tiefe und trübe Gedanken waren das. Sie spürte, dass man Einladungen nicht ausgesprochen hatte, weil die Gastgeber unsicher waren, ob ihre Mutter miteingeladen werden sollte. Ihre Mutter, die ihren eigenen Freundeskreis hatte, die mit der Geschäftswelt nichts am Hut hatte, die die Gastgeber nicht oder nur flüchtig kannte. Wie sollte das weitergehen?

Sie fuhr ihr Auto in die Garage,

ging in ihre Wohnung und rief:

„Hallo Liebling".

Tante auf saarländisch

„Ihr sin verwand?" entfährt es spontan Herrn Pirrung, wie er bemerkt, dass sich der Inhaber des Fotogeschäfts und ich in der Unterhaltung duzen.

„Es Irene unn isch, mier sinn verwand," bestätigt Willi, während ich zustimmend nicke. „Ei saamò, das hann isch jò gaar nidd gewissd?" bohrt Herr Pirrung, als wäre er auf einer interessanten Spur.

„Also," beginne ich die Familiengeschichte, „mei Mudder ihr Bruuder, demm sei dswädd Fraa, das iss die Schweschder vum Willi seim Vadder."

Herrn Pirrungs Gesicht legt sich in bedeutungsvolle Falten, langsam geht sein Blick zurück zu meinem Verwandten, während seinem Mund ein „hm, - ahha", entströmt. Dabei nickt sein Kopf, was sowohl Zustimmung zu der für ihn neuen Tatsache unserer Verwandtschaft signalisieren, als auch den Umstehenden bedeuten soll, dass er die Familienverhältnisse nun richtig überblickt.

Derweil überlege ich mir, ob ich nicht einfach hätte sagen können: 'Mei Tande iss aach em Willi sei Tande.' Aber dann wären Herrn Pirrung ja wesentliche Details unserer weitläufigen verwandtschaftlichen Beziehungen entgangen.

Und - als Saarländer nimmt man es mit solchen Dingen schon genau.

Dass der Vater von Willi aber eigentlich nicht dessen Vater, sondern sein Pflegevater ist, das habe ich dem Herrn Pirrung vergessen zu erzählen, aber dafür sage ich es jetzt Ihnen. Vielleicht können Sie es dem Pirrung beim nächsten Mal sagen, wenn Sie ihn mal wieder sehen.

Allee dann, bis e annermò!

Trauer will nicht verdrängt werden
-Krankheit, Tod und Trauer – Stationen im Leben-

Krankheit, Tod und Trauer sind Stationen im Leben eines jeden Menschen. Es sind die schmerzlichen Erfahrungen, die sich jedoch in der Anzahl mit den freudigen Erlebnissen wie Geburt, Hochzeit und Verliebtsein die Waage halten. In unserer Gesellschaft dürfen sich Glück und Unglück, Trauer und Freude, Leid und Liebe jedoch nicht die Waage halten. Alle haben wir Glück, sind erfolgreich, gesund und schön.

In Japan war es lange Zeit ein Tabu, über Krankheiten infolge des Atombombenabwurfes zu sprechen. Wer daran erkrankte, hatte es durch sein Karma selbst verschuldet. Wer kennt nicht dieses Gefühl des Mitleids mit einem schwer erkrankten Menschen, dem nur noch wenig Zeit bleibt, den man dann aus vielerlei Gründen doch nicht besucht. Oft ist es Zeitmangel oder man will den Kranken nicht durch Gespräche belasten. Zuweilen sind es andere Motive.

Sind nicht manche dieser Gründe vorgeschoben? Ist nicht tief im Innern von uns eine Scheu vor der Begegnung mit dem Ungewissen, dem wir doch alle eines Tages ins Auge sehen müssen? Aber wir scheuen uns so, als ob man sich anstecken könnte.

Als Kind zum Beispiel habe ich den Platz, auf dem meine Großmutter starb, jahrelang gemieden. Es war eine Scheu, als ob ich mich mit einem unheimlichen Bazillus infizieren könnte. In wie vielen von uns steckt heute noch so ein Kind?

Sterben, Tod und Trauer sind die sensibelsten Bereiche im menschlichen Leben. Selten redet man darüber. Wie ein missliebiges Fernsehprogramm würden wir diese Themenbereiche am liebsten wegzappen.

Auch der Kontakt mit den Hinterbliebenen erfährt eine Veränderung. Oft ziehen sich befreundete Ehepaare zurück, als ob sie befürchteten, zu sehr an den Toten erinnert zu werden. Doch gerade das „Aufgefangenwerden" durch Freunde ist in dieser Zeit sehr wichtig. Trauer will verarbeitet, nicht verdrängt werden. Ich selbst habe nach dem Tod meines Mannes Hilfe von Menschen erfahren, von denen ich es nie erwartet hätte. Vielmals waren es nur Kleinigkeiten, aber diese machen es oft aus. Ein Gespräch, ein Tipp, eine Geste der Wärme. Und umgekehrt kam von den Menschen, auf die ich zählte, nicht die erhoffte Hilfe. Als mein Vater im Sterben lag, riefen wir den Krankenhauspfarrer. Als er das Zimmer betrat und uns sah, sagte er: „Wir sind alle in Gottes Hand."

Ich war so erschrocken und schockiert, dass ich den Raum verließ. Ich empfand es als leere Geste, als Routine. Ich fühlte mich durch das unpersönliche „Da-kann-man-halt-nichts-machen" alleingelassen und sogar gekränkt. Gleichzeitig wusste ich auch sehr genau, dass der Pfarrer, in seinem Alter, um Mitternacht sofort zur Klinik kam. Er meinte es gut und wollte keinesfalls kränken. Trotzdem, für ihn war es schon eine gewisse Routine, der Tod begegnete ihm öfter als uns. Für mich war dies erst der zweite Todesfall in meinem Leben. Und jeden Todesfall erlebt man anders. Keine Trauer gleicht der anderen.
Der Zwiespalt zwischen verstandesmäßigem Erfassen einer Situation und gefühlsmäßigem Akzeptieren ist wohl immer und bei jedem von uns da. Unser Herz wird nun einmal nicht vom Verstand regiert. Das ist die Trauer und die Arbeit des innerlichen Versöhnens mit einer Gegebenheit, die wir nicht ändern können.

Ja, wir sind alle in Gottes Hand, mein Verstand wusste, dass dies stimmt. Wir sind in diesen Grenzsituationen ungeheuer sensibel. Wir sehen wie durch ein Brennglas und erfassen sehr kritisch, wer sich wie verhält. Ich weiß heute noch sehr genau, wer mir nach dem Tode meines Vaters sein Beileid ausdrückte und wer nicht. Vorher hätte ich das nie gedacht von mir.

Das „Du bist ja noch jung, du verkraftest es" empfinden wir als ein Ignorieren unseres Gefühls gegenüber dem Toten, auch wenn es von dem Sprecher als Trost oder Aufmunterung gedacht war. Jeder kann sich nur so verhalten, wie es seinem Wesen entspricht. Trauer zu bewältigen ist Arbeit. Versucht die Umwelt dies zu verdrängen, zum Beispiel durch verkrampftes Ablenken oder ein bewusstes „den Personen aus dem Wege gehen", wird es für die Hinterbliebenen zusätzlich erschwert.

Der Verlust eines geliebten Menschen gleicht einer Amputation. Die Familie ist um dieses Glied amputiert. Das ist schmerzhaft und kann nicht innerhalb einer Drei-Monats-Frist bewältigt sein. So wie wir im Leben Zeiten des Glücks und der Freude haben, erleben wir den Schatten und die Trauer. Beides gehört zusammen, beides sind Pole eines Lebens. Dies akzeptieren heißt zu leben. Es ist sogar eine Bereicherung des Lebens. Wir können dann um so mehr die Freude und das Glück schätzen und sind dann auch bereit und in der Lage, Menschen in ihrer Not und Trauer anzunehmen und ihnen echte Hilfe zu geben.

Echte Hilfe, die nur aus dem inneren Verstehen und Mitfühlen entspringen kann.

Weihnachtsgruß

Hallo liebe Freundin,

ganz herzlichen Dank für Deine lieben Weihnachts- und Neujahrswünsche mit der wunderschönen Karte.

Hierzu will ich Dir eine kleine „Geschichte" erzählen, wie mich Deine Karte erreichte.

Am Wochenende begann es zu schneien. Der Schnee machte unsere Außentreppe unpassierbar, denn unter dem Schnee war eine Eisschicht. Den Schnee wegzukehren wenn darunter das blanke Eis ist, ist sinnlos.

Wie meist in solchen Fällen habe ich auch diesmal einen altbewährten Trick angewandt, einfach mit einem Seil die Treppe abzusperren. An diesem Seil habe ich dann ein selbstgefertigtes Schild gehängt „Treppe gesperrt, bitte kräftig an die Kellertüre klopfen".

Dieser Spruch ist natürlich reine Makulatur, außer, wenn ich meine „Lauscher" auf volle Konzentration stelle und dazu kein Radio im Hause läuft. Was so gut wie nie vorkommt. Aber, wer kommt mich bei diesem Schnee schon besuchen. Nahm ich an.

Als erstes Opfer hat es natürlich den armen Briefträger erwischt, der am Montag versuchte mir Deinen Brief zuzustellen. Ich fand im Briefkasten die Benachrichtigung am nächsten Tag eine Postsendung abzuholen.

Warum er nicht gleich selbst den Brief in den Briefkasten am unteren Treppenabsatz einwarf willst Du wissen? Das wollte ich auch wissen. Die Postagentur hat es mir erklärt: Einen ganzen ½ Zentimeter war der Brief zu groß. Das machte ihn zu einem Maxi-Brief und der kostet statt 56 Cent Porto 1,44 Euro. Ich musste 1,20 Euro Nachgebühr zahlen. Und dafür hätte er ja die Treppe hochsteigen müssen, was nicht ging – wegen des Schnees. Sicher hat er auch an der Kellertüre geklopft – na, lassen wir den Rest.

Und - lassen wir die Post ihr Geld verdienen. Die Karte von Dir ist wunderschön. Du hast Dir soviel Mühe gemacht das richtige Motiv für mich auszusuchen. Eine Karte die aufgeklappt einen geschmückten Weihnachtsbaum mit Geschenken hervorzaubert. Alles in dreidimensionalen Miniaturmotiven, wunderschön!

Sogar mein kleiner Kater Seppel ist in dieser Komposition zu finden. Er spielt mit der Glaskugel „Merry Christmas"! Na, nicht direkt Seppel, aber wohl ein Verwandter von ihm.

Auch Dir sage ich: „Merry Christmas and a happy new year". Ich weiß noch, wie wir beide in London diese Karten bewundert haben.

Und jetzt hast Du mir diese Karte geschenkt.

Eine schöne Erinnerung zum Abschluss des Jahres!

Werde ich Weihnachten noch erleben?

„Warum mir, warum mir?" diese Frage geht mir immer wieder durch den Kopf, während ich mein Auto auf dem Rückweg vom Arzttermin nur noch roboterhaft steuere, den Verkehr nur noch wie durch einen Schleier wahrnehme.

Dazwischen taucht in mir immer wieder ein Bild auf, die Monitoraufnahme mit den deutlichen Konturen einer Geschwulst. „Warum mir?" und ich versuche meine Emotionen zu beherrschen, richte mich im Sitz wieder auf und denke so zu verhindern, daß durch die aufkommenden Tränen der Schleier vor meinen Augen zu einem dichten Vorhang wird.

Eine Punktierung, die mir Klarheit über die Art des Tumors hätte bringen können, erschien mir zu riskant, auch weil sie den sowieso erforderlichen Eingriff nur verzögert. So weiß ich nun nicht genau wie es steht, kann mich aber aufrichten durch die Hoffnung, sie könnte ja durchaus auch gutartig sein.

Nur - trotzdem wollen die Gedanken sich nicht beruhigen, malen in mir düstere Bilder und es steigt die alles lähmende Beklemmung weiter hoch, schnürt nach und nach alles enger.

Noch gestern hätte ich guten Glaubens behauptet, keine Angst vor den Tod zu haben. Heute ist das anders. Heute könnte ich das nicht mehr so frei sagen, die Realitäten haben sich umgekehrt, das Ende, die Möglichkeit eines baldigen Endes ist verdammt nah. Meine Selbstsicherheit, die Sicherheit daß mein Ende nach den Wahrscheinlichkeitsrechnungen der Statistik noch gut 40 Jahre auf sich warten läßt, habe ich nicht mehr. Ich weiß jetzt, daß ich durchaus trotz meiner 42 Jahre nicht mehr in der Mitte meiner Lebenszeit stehen muss. Jetzt sind die Dinge viel realer, bedrohlich nah und ich bin mir nicht mehr sicher, ob ich die gestern noch locker ausgesprochenen Sätze mit der gleichen Überzeugung wiederholen könnte.

„Werde ich diese Weihnachten noch erleben und werden sie die letzten Weihnachten für mich sein?", denkt mein Kopf während die Abendsonne eines schönen Julitages in mein Auto strahlt. Die Unsicherheit, wie oft ich noch weitere Sommertage sehen werde, ob ich noch unzählige Male die Sonne auf meiner Haut spüren kann oder dieser Sommer der letzte, oder einer der letzten sein wird, beginnt mir die Kehle zuzuschnüren. Wie verkraftet man solche Tatsachen, wenn sie einen selbst betreffen? Ich drücke mich in den Autositz, die Hände verkrampfen sich ums Lenkrad als ob damit das Schicksal auf Distanz zu halten wäre.

Nächsten Montag ist der OP-Termin, überlege ich und versuche gedanklich die damit verbundenen organisatorischen Notwendigkeiten durchzuspielen. Natürlich fahre ich mit meinem Auto in die Klinik, das ist für mich keine Frage. Doch hier stellt sich eine andere Frage, werde ich nachher wieder körperlich in der Lage sein, selbst mein Auto die 40 Kilometer Nachhause zu steuern? Und das mir, wo ich doch schon einen Tag ohne Auto das Gefühl habe beinamputiert zu sein, soll nun um die Hilfe anderer bitten. Kann ich das überhaupt?

Wie die Zeit nachher aussehen wird, kann man nicht sagen. Wird sich der Radius meiner Bewegungsmöglichkeiten einschränken, werden meine „Kreise" enger werden? Warum mir? Warum?

Was ist der Sinn, was soll mir dadurch vermittelt werden, versuche ich zu überlegen und fühle mich inmitten eines Chaos. Die darauffolgende Nacht ist eine der schlimmsten Nächte meines Lebens. Immer wieder wache ich auf, schweißgebadet und habe Mühe mich zur Ruhe zu bringen.

Einen Teil meiner altgewohnten Fassung finde ich erst am nächsten Morgen wieder, während ich über mein bisheriges Leben reflektiere. Es ist viel, was ich bisher erreicht habe. Eine positive Bilanz, könnte man sagen, es geht mir gut, finanziell und auch gesundheitlich, bisher. Nur einmal einen Blinddarm, aber sonst alles bestens.

War das selbstverständlich, eine so positive Bilanz vorweisen zu können? Vielen anderen geht es nicht so gut. Seit Jahren habe ich Kontakt zu Gehörlosen und je älter ich wurde, desto mehr bewunderte ich diese Menschen. Richtige Lebenskünstler sind sie, wie sie ohne zu klagen, ohne sichtbar zu leiden ihr Schicksal bewältigen. Keine Musik, keine Laute, nicht mal das Lachen des eigenen Kindes hören zu können, keine Vogelstimmen und auch nicht die Lautsprecherdurchsagen mit der Information, dass der Zug auf einen anderen Bahnsteig umgeleitet wird als auf den, wo man gerade wartet. Dieses Schicksal blieb mir erspart und wie ich diese Bilder so vor mir sehe, fühle ich ein klein wenig Dankbarkeit, für die bisherige Zeit.

Es ist wohl nichts selbstverständlich im Leben. Garantie für vollkommenes Glück und bei Nichteinhalten ein Umtauschrecht - das wäre zu schön. Trotzdem hat ein jeder von uns so seine Vorstellungen und erwartet, dass das Leben ihm ihre Verwirklichung gestattet. Das ist nur menschlich.

Die Dankbarkeit der Gehörlosen für die Schönheiten, die ihnen ihr Leben bietet, ein Leben, welches die Mitmenschen mit Mitleid und uns, wären wir betroffen, mit Klagen und vielleicht auch Verbitterung erfüllen würde, die Zufriedenheit dieser Menschen mit ihrem Schicksal lässt ahnen, dass viel weniger selbstverständlich ist im Leben.

Wir sind alle in Gottes Hand

Dieses Weihnachtsfest, es wäre sein fünfundsechzigstes gewesen, wird der Patient nicht mehr erleben. Vor einer Stunde ging es ihm sehr schlecht. Da muss wohl das Krankenhaus seine Familie gerufen haben. Als seine Frau ihn fragte, ob sie den Pfarrer rufen solle, hat er erleichtert zugestimmt. Sie wissen nun beide Bescheid.

Sein Weihnachtsgeschenk hat er schon erhalten. Er freut sich darüber und trägt die Uhr, obwohl er die Ziffern nicht mehr erkennen kann. Er sieht jetzt alles doppelt. Von seiner Frau möchte er die Uhrzeit wissen. Sie antwortet in Gebärdensprache, es sei zehn Minuten nach elf Uhr abends. Seit frühester Kindheit sind beide taub.

Unruhig geht die Tochter im Zimmer auf und ab. „Vielleicht hätte ich ihn schon früher fragen sollen, ob er einen Pfarrer will?" überlegt sie und weiß dabei ganz genau, dass sie alle Andeutungen und Zeichen einer Verschlechterung nicht sah, vielleicht auch nicht sehen wollte. Jetzt konnte sie nichts mehr tun, nicht einmal mehr der Wahrheit ausweichen. In diesen Gedanken hinein hört sie das rasselnde Atmen ihres Vaters und ist froh, dass die Mutter es nicht hören kann. „Warum nur diese Quälerei, diese sinnlose Quälerei? Schreit sie in ihren Gedanken, „warum?". Und sie weiß, dass sie dieses Ringen nach Luft ihr Leben lang hören wird.

Sie geht zur Tür, öffnet und sieht den Flur hinunter, verfolgt die Geräusche des Aufzugs. Als sie ihn endlich auf ihrer Etage hört, spürt sie eine Erleichterung, so man eine Erleichterung verspürt, wenn einem ein zu schwer gewordenes Gepäckstück einen Teil des Weges getragen wird.

In der Eingangshalle des Krankenhauses betritt der Pfarrer den Aufzug und drückt „5. Stock – Innere". Inge steht im Flur, als er aus den Lift steigt. Erfreut begrüßt sie ihn. „Ich habe sie heute morgen doch noch gesehen", denkt er, „wieso sagte sie mir nicht, dass es ihrem Vater schlecht geht?" Er gibt ihr die Hand und weiß, dass er etwas sagen muss. Krampfhaft überlegt er, verschränkt die Hände ineinander und sagt dann routiniert: „Wir sind alle in Gottes Hand." Während er zu dem Kranken und dessen Ehefrau geht, sieht er Inge den Raum verlassen.

"Wir sind alle in Gottes Hand! Wir sind alle in Gottes Hand!" denkt Inge. „Fällt dem nichts Besseres ein als diese Floskel? Ganz salbungsvoll und dabei die Hände reibend, wie man sich früher den Pfarrer vorstellte. Der kennt mich doch, es ist doch mein Vater, der da stirbt, mein Vater, kein Fremder, und dann dieses ‚Da-kann-man-halt-nichts-machen', das weiß ich doch selbst, dafür brauche ich keinen Pfarrer." Kaum kann Inge ihre Gedanken ordnen, alles dreht sich, sie fühlt sich maßlos allein. War das nicht eine leere Geste, bloße Redensart? Warum macht er es sich so leicht? Es war so unpersönlich.

Sie sieht die letzten Tage vor sich. Einen Tag vor dem Geburtstag ihrer Mutter erhielten sie die Nachricht. Jetzt wird ihre Mutter allein sein. Jetzt, wo sie es sich erstmals im Leben schön machen konnten. Die Wohnung war bezahlt und sogar schon ein Urlaub im Schwarzwald gebucht. Inge steht am Fenster und blickt in das Dunkel.

Die Mutter sah, wie Inge mit erbostem Blick und hochrotem Kopf den Raum verlassen hat. „Sie muss doch für uns dolmetschen", denkt sie. „wieso lässt sie uns allein? Wir haben doch nur sie, als Kind hat sie uns schon geholfen, es ist doch sonst zu schwer für uns." Sie kann sich Inges Verhalten nicht erklären und denkt: „Es ist wohl zuviel für sie." Sie beobachtet das Gesicht des Geistlichen, um von seinen Lippen das Gebet abzulesen, und betet dann still ein Vaterunser.

Während der Pfarrer betet, bemerkt er Inges Abwesenheit. Es ist ihm bewusst, dass solche Situationen schwierig sind. Die Grenzen des menschlichen Lebens werden hier aufgezeigt. Er weiß, es ist alles Gottes Wille. Was geschieht, es geschieht nicht umsonst. Dieser Glaube hält ihn aufrecht, ihn möchte erweitergeben. Der Tod ist ein Teil des Lebens, den wir akzeptieren müssen. Aber wie sollen die Menschen das heute können, wo oft genug Sterbende abgeschoben werden? Wo man sich „drückt" und aus dem Zimmer geht?

Er will dem Ehepaar einige Worte sagen und sie trösten. Inge hat dies bemerkt. Sie steht jetzt neben ihm und dolmetscht. Mit ihrem festen Blick und der kerzengeraden Haltung kommt sie ihm sehr stolz und hart vor. Er gibt auch ihr die Hand und ist sich sicher: „Sie ist jung und stark. Sie verkraftet es!"

Impressionen

Städte und Länder

Eine andere Stadt

Im Jahr 1986.

Wie immer seit vielen Jahren, fahre ich von der Brücke kommend am Werksgelände vorbei. Der Weg führt weiter durch die Mittelstadt hin zu meiner Dienststelle. Seit Jahren fahre ich diesen Weg ohne mir irgendwelche Gedanken über ihn zu machen. Doch heute ist es anders. Heute nehme ich zum erstenmal die vielen schwarzen Fahnen richtig wahr. Es ist ein Tag im Juni des Jahres 1986. Alle Hochöfen sind erloschen. Keiner der Hochöfen wird jemals wieder Eisen erzeugen.

Die Arbeiter der letzten Schicht des Eisen- und Stahlwerkes, des Werkes, das die Stadt so lange prägte, ihr Arbeit und Auskommen gab, sie haben schwarze Fahnen aufgehängt.
Die alte Hütte steht im Trauerflor. Mir läuft ein Schauer über den Rücken, wie ich so an den Gebäuden des Hüttenwerks vorbeifahre. An einer Stelle wird die Straße von Versorgungsrohren überbrückt. Eine schwarze Fahne hängt über der Straße. Ebenso sind an manchen Schloten oder an Dächern die schwarzen Tücher zu sehen. Bestimmt ein Dutzend Fahnen wurden hier aufgehängt. Die alte Hütte wird nie wieder das sein, was sie einmal war.

Auch nicht, was sie einmal für diese Stadt war. Inzwischen habe ich die Hütte passiert und befinde mich in Höhe des Bahnhofs. Ich denke zurück. Zehn, 15 Jahre. Damals ging ich hier noch zur Schule. Was war hier ein Leben! Bei Schichtwechsel war die Stadt schwarz vor Menschen. Alle drängten, wollten irgendwohin. Zum Bus, zum Zug, oder zum Werk. Andere besuchten die Geschäfte. Woolworth oder das PK, wie der spätere Kaufhof sich nannte. Es gab auch ein DK, ein Deutsches Kaufhaus. Oder die alteingesessenen Geschäfte der Hüttenstadt. Zum Beispiel die

Kaufhäuser Kammer, Geibel, Ostrolenk, Edinger oder Eggeling. Besonders die vielen Kaffees hatten es mir angetan. Wir Schülerinnen gingen meist in das Cafe Berghof, in der Nähe des Bahnhofs. Es gab noch Cafe Keipinger, Cafe Jacob, das Volkscafe oder das Cafe Schons. Ich glaube, kein Geschäft in der Hüttenstadt musste sich Existenzsorgen machen. Sagte man in unseren kleinen Ort: Wir gehen in die Stadt, war klar welche Stadt gemeint war. Es gab nur eine ‚Stadt', auch wenn sich in unserem näheren Umkreis vier Städte befanden.

Nach und nach hat sich das Stadtbild verändert. Es kam zum Untergang der Stahlindustrie. Nach der Ölkrise setzte er ein. Damals, 1970 noch, sah man immer eine „Glocke" über der Stadt. Eine Glocke aus feinem Hüttenstaub. Wenn man zum Himmel blickte hatte man gleich ein Körnchen des feinen Hüttenstaubs im Auge. Zuhause angekommen, waren die Hemdkragen schmutzig. Die Haare musste man waschen oder zumindest ausbürsten, denn der feine Staub setzte sich natürlich auch auf dem Kopf fest.

Doch uns machte das nichts aus, so wie es allen anderen Bewohnern der Stadt nichts ausmachte. Das Leben pulsierte und das Herz war die Hütte. Mitten in der Stadt befindet sich die Hütte. So, wie das Herz eines Menschen sich auch in seiner Mitte, in der Mitte seines Körpers sich befindet.

So verwuchs im Lauf ihres hundertjährigen Bestehens die Hütte mit ihrer Stadt, die Stadt verwuchs mit ihrer Hütte. Dreck und Lärm gehörten dazu und wurden akzeptiert. Ging es der Hütte gut, ging es auch den Menschen gut.

In meiner Kindheit sah ich gerne zum Nachhimmel. In Richtung der Hüttenstadt war der Himmel immer heller. Und wenn einer der Hochöfen abgestochen wurde, wenn man das Flüssigeisen aus ihm ablaufen ließ, dann färbte sich der Himmel in den Farben des

174

glühenden Eisens. Gelb-Rot leuchtete es in der Nacht. Gespenstisch schön war es. Man konnte dann phantasieren. Waren das die Farben der Hölle, die man sah? Oder brannte gar die Stadt?

Die vielen Schlote überragten die Hütte, überragten die Stadt. Von weitem sah man sie. Nun sollen sie abgetragen werden, aus Sicherheitsgründen. Ich finde es schade. Ein imposanter Anblick, diese langen Finger die in den Himmel ragen. Wie hoch wurden sie erbaut? 80 Meter hoch, oder 90 Meter? Welche Leistung das gewesen sein muss. Sie sind noch völlig intakt. Und sie werden trotzdem weichen müssen. Wie die Hütte. Diese langen Kamintürme zeigten mir immer das Wetter an. Stieg der Rauch senkrecht in die Höhe, war Windstille. Ging der Rauch in Richtung Stadt, konnte man mit Regen rechnen. Eine einfache Regel, aber sie funktionierte. Und nicht nur ich habe mich danach gerichtet. Heute bläst kein Rauch mehr aus den Schloten. Auch sie sind erloschen. Nun, im Jahr 1986

Im Jahr 2000.

Die schwarzen Fahnen habe ich lange gesehen. Immer mit einem Gefühl der Beklemmung bin ich meinen Weg gefahren, der mich am Hüttenwerk vorbeiführt. Lange ist das Jahr 1986 vorüber. Wir haben das Jahr 2000. Ein neues Jahrtausend. Die schwarzen Fahnen hat man abgenommen.

Die alte Hütte hat ein neues Leben als Weltkulturerbe. Die nächtliche Beleuchtung ist bunt. Nicht mehr die Glutfarben beim Hochofenabstich, die den Himmel über der Stadt brennen ließen. So glutheiß brennend, dass wir in unseren kleinen Ort nahe der Hüttenstadt gar den erleuchteten Himmel sehen konnten.

Das alte Werk ist gestorben. Es ist tot. Jetzt ist neues, anderes Leben dort eingezogen. Für mich sind es zwei Leben, zwei verschiedene Leben. So, wie eine Generation auf die andere folgt, in ihre Fußstapfen tritt. Und doch nicht ihr Werk fortführen kann. Es wird ein anderes Werk sein. Es ist eine andere Stadt.

Die Brücke, die beide Stadtteile verbindet, ist ein Wahrzeichen des Wandels dieser Stadt. Auf der einen Seite der Brücke die alte Hütte, auf der anderen Seite steht ein moslemisches Kulturzentrum mit Moschee.

Die meisten der alteingesessenen Geschäfte gibt es inzwischen nicht mehr. Das PK, wie wir immer noch den Kaufhof nannten, hatte als letztes der großen Geschäfte geschlossen. Nun ist nur noch der Woolworth vertreten. In den leerstehenden Läden der alten Geschäfte sind türkische Inhaber eingezogen. Die Mehrzahl der Kunden sind ehemalige Gastarbeiter. Wenn ich mich recht erinnere, zählt die letzte Arbeitslosenstatistik für die Stadt 19% Arbeitslose.

Die schwarzen Fahnen von 1986 hingen viele Jahre über dem Werk. Es mögen gut und gerne zehn Jahre gewesen sein. Als man sie herunterholte, waren sie vom Wind zerzaust, waren sie nur noch Fetzen.
Schwarze, fransige Fetzen.
So lange trauerte die Stadt.

Indische Impressionen

Wie viel Armut gibt es auf der Welt? Sind wir mal ehrlich: Wer von uns kennt die „echte" Armut? Die Armut, die sich gar nicht mehr verstecken kann, da sie nichts mehr hat, wohinter sie sich verbergen könnte. Die nur das ihr Eigentum nennen kann, was sie am Leibe trägt. Vielleicht einen verschmutzten Beutel mit Habseligkeiten, die wir keines Blickes würdigen würden, die für diese Menschen aber die Welt bedeuten.

Die bitterste Armut hat für uns selten ein Gesicht. Ab und an sehen wir Bilder aus Entwicklungsländern. Doch auch in den sogenannten Schwellenländern, die auf der Schwelle zum Industrieland stehen, gibt es diese Form der Armut, verbunden mit Kinderarbeit.

Dort, wo Überschuss an Menschen und Mangel an Maschinen herrscht, verrichtet Muskelkraft die schwerste Arbeit. Mancher hiesige Bauherr würde sich gerne so billige und genügsame Arbeitskräfte leisten. Ein Traum sind die Arbeitszeiten, allerdings nur für den Arbeitgeber. Für Sie und mich wären solche Arbeitszeiten ein Alptraum. Viele Arbeitnehmer haben nur einen einzigen Tag Freizeit im Monat.

Arbeitsschutzbestimmungen sind vielerorts ein Fremdwort. Eine wacklige Bambusleiter auf der Baustelle genügt, um die Backsteine auf dem Rücken ins Obergeschoss zu transportieren. Dass diese Leiter nur wenige Zentimeter über der Bodenfläche des Obergeschosses herausragt, also man sich bei Betreten und Verlassen des Geschosses an ihr nicht stützen kann, gehört auch in diese Kategorie von „Durchwurstelei", nach dem Motto „Es-wird-schon-nichts-geschehen".

So manche Baugrube wird hier von Frauenhand ausgehoben,

Backsteine und Baumaterial von Frauen wie von Männern, transportiert. Das Baby auf dem Rücken, die Steine auf dem Kopf. Und die Arbeitskleidung ist der Sari.

Die Arbeiter leben mit ihren Familien den auch oft auf der Baustelle oder in direkter Nähe. Der Lohn ist gering und reicht soeben zum Überleben. Intakte Familienstrukturen sind hier überlebensnotwendig. Dort wo es keine Sozialversorgung gibt, erhält nur der ein Auskommen, der arbeiten kann. Arzt und Medikamente muss man selbst zahlen. Da unterbleiben oftmals auch notwendige Arztbesuche.

Die Ärmsten von ihnen haben kein Heim. Sie schlafen auf dem Boden, auf Pappdeckel oder einem Tuch. Da es meist warm ist und nicht regnet, sind es nicht wenige, die so überleben. In den Monsunzeiten schützen sie sich mit Planen, die notdürftig als Behelfsdach aufgespannt werden. Komfortabel zu nennen ist da schon ein altes, aber intaktes Zelt, oder eine kleine Hütte. Wobei diese Bauwerke, unverputzt, ohne Gas- Wasser- oder Stromanschlüsse und ohne Fenster, bei uns nur mit Vorbehalt als Hütte bezeichnet würden. Die Bezeichnung „Verschlag" trifft eher zu.

In Chandrigah suchte ich nach einem „Flowershop" um meiner netten Gastgeberin eine kleine Aufmerksamkeit zu schenken. Man verwies mich an einen Blumenladen, dessen ganzer Reichtum aus zwei Sorten Blumen bestand. Tagetes und Gladiolen. Ergänzt wurde das magere Sortiment durch die für Indien typischen, aus Blumen geflochtenen Halsumhänge.

Nicht zu erwähnen braucht man hier, dass dieser „Blumenladen" unter freiem Himmel stand. Der Inhaber selbst saß auf einem etwa 1 Meter hohen und 2Meter breiten und 2 Meter tiefen „Steinhaus". Ich musste zweimal hinsehen, um meinen Augen zu glauben. Tagsüber hatte er auf dem „Flachdach" seines „Hauses" sein Geschäft, mit Plastikfolie als luftiges Verdeck gegen Regen und Sonne geschützt. Zum Schlafen kroch er in seine „Wohnung", in dieses kümmerliche Etwas von Gebäude, einem Verließ ähnlicher als einer Unterkunft. Blickte man jedoch in seine Augen, sah man, wie stolz er auf sein Geschäft war. Offensichtlich war er aufgestiegen, vom Straßenrand weggekommen und hat sich mit ein paar Ziegelsteinen und Zement diese Existenz aufgebaut. – Oder er muss Miete zahlen, wer weiß das schon in diesem Land.

Solch kleinen Geschäften begegnet man hier überall. Ein Stuhl auf dem Wegrand, eine Plane in luftiger Höhe, einen Spiegel am nächsten Baum oder der nächsten Hausmauer befestigt, das ist die Grundausstattung für den Friseur.

Ein Tisch und ein Bügeleisen am Straßenrand sind eine Büglerei, zu der nahezu alle Haushalte der Nachbarschaft ihre Wäsche zum Bügeln bringen.

Es gibt in dieser Art Fahrradreparaturwerkstätten, Nähereien, Tabakhandlungen und kleine Kramläden, die in ihrer Auswahl an den altbekannten Bauchladen erinnern.

Diese Art der Eigeninitiative findet man vornehmlich in den Außenbezirken, wo die weniger gut betuchten Kunden sind. Eine besondere Art der Marktwirtschaft, die jedoch das Überleben sichert.

So wenig wie dieses Land seine Verkehrsprobleme in den Griff bekommt, so wenig kann es gegen diese Not tun.

Morgens erscheinen die Tagelöhner an den Häusern der Reichen. Wenn sie Glück haben, finden sie Arbeit. Das bedeutet, sie dürfen die Stube mit einem Besen fegen. Oft ist dies ein Reisigbesen, der uns von der bösen Hexe aus dem Märchen bekannt ist. Natürlich ist bei dieser Art der Stubenpflege eine gewisse Aufwirbelung des Staubes und dessen Umverteilung auf andere Plätze in der Wohnung unvermeidlich. Es ist alles eine Frage der Gewöhnung und der Ausdruck „indische Patina" wird wohl in diesem Sinn zu deuten sein. Die Gegenleistung des Arbeitgebers besteht neben einem geringen Lohn oft auch in der Zurverfügungstellung einer Waschgelegenheit für die Körperhygiene und ein oder zwei Mahlzeiten, je nach Arbeitsleistung.

Auf Schritt und Tritt begegnet man diesem enormen Gefälle von Reich und Arm. Es ist billiger sich eine Putzfrau zu leisten, als einen Staubsauger zu kaufen. Zumindest ist so das Auskommen der Putzfrau gewährleistet. Es ist billiger zehn nicht gemeldete Arbeitskräfte das neue Wohnhaus bauen zu lassen, selbst die Ziegelsteine zu brennen, als eine Baufirma zu beauftragen.

Eine Straße weiter entstehen Villen, auch sie oft genug ohne Genehmigung gebaut, mit zehn oder zwanzig Zimmern, Marmor auf Schritt und Tritt. Das Anwesen umzäunt und ummauert, bewacht von Wächtern Tag und Nacht. Und alles in friedlicher Koexistenz zwischen Arm und Reich.

Der Abfall, der in den Siedlungen der Reichen über eine Mauer in schmale, kleine unbenutzte Gassen „entsorgt" wird, wird täglich von den Armen durchwühlt.

Neben den Armen findet man Hunde, auch Schweine, Wasserbüffel oder Kühe, die es den Menschen gleichtun. Oder die Menschen tun es hier den Tieren gleich, könnte man meinen. Hinter jedem Wohnviertel kann man solches beobachten.

Der durchschnittliche Monatslohn beträgt umgerechnet 50 Euro. Seltsamerweise sind die Preise die einem Ausländer genannt werden in ihrer Höhe fast identisch mit den Preisen in unserem

Land. 60 Euro für einen Koffer, 200 Euro für einen bestickten Sari, man lernt hier schnell und weiß die Preise zu verhandeln.

In diesem Land gibt es weit über fünf Dutzend verschiedene Sprachen, wobei fast jede Sprache auch ihre eigenen Schriftzeichen hat. Die gemeinsame Sprache Englisch ist nur den „Gebildeten" verfügbar. So ist ein englischsprechender Taxifahrer die Ausnahme. Ein Basiswissen in Zeichensprache ist daher immer von Vorteil. Sogar Inder müssen manchmal darauf zurückgreifen.

Verschiedene Sprachen, viele Religionen und sich gegenseitig ausgrenzende Kulturen. Man denke an den Hinduismus, den Buddhismus, den Jainismus, den Islam und die Sikhs, um nur einige zu nennen. An sich tolerante Kulturen sind untereinander intolerant. In der Vergangenheit gingen sie oft genug auch militärisch gegeneinander vor.

Ein alltäglich sich wiederholendes Beispiel des indischen Individualismus ist der Straßenverkehr. Wenn Sie meinen, man müsse im Autoverkehr Regeln beherrschen, waren Sie nie in Indien. Hier können Sie ohne Regeln Autofahren. Zumindest sind diese Regeln uns Ausländern ein Buch mit sieben Siegeln. Versuchen Sie es aber nicht ohne vorher eine gewisse Portion Mut zu tanken. Und nehmen Sie zu Ihrem Versuch nur ein altes, bereits demoliertes Auto.

Der Linksverkehr ist für uns noch das geringste Problem. Interessant ist es, wenn man in der mittleren von drei Fahrspuren zu stehen kommt und bemerkt, dass nicht nur alle Stoßstange an Stoßstange stehen, sondern sich in den drei Fahrspuren sage und schreibe fünf Autos nebeneinander befinden. Hinzu kommen noch Rikschas, die sich durchzudrängeln versuchen.

Zur Sicherheit zeigt der geübte Inder mit dem Arm den

Richtungswechsel an. Blinker erfreuen sich keiner großen Beachtung, dagegen wirkt sich wildes Hupen immer als vorteilhaft aus und vermittelt Respekt. Warum soll man sich auch an staatliche Regeln und Vorschriften halten. Die gibt es hier natürlich auch. Aber, es geht auch so. Zumindest hat man den Eindruck es schlängele sich jeder so gut durch, so gut es eben geht.

Bei dieser Mentalität spielen die Religionen eine große und prägende Rolle. Mir wurde von einem Hindu, auf meine Frage nach den Lebensbedingungen in den Elendsvierteln, sinngemäß geantwortet, dass man den Menschen dort nicht helfen dürfe. Diese Menschen hätten in früheren Leben gesündigt und müssten nun in diesem Leben diese Sünden abtragen. Deren schweres Schicksal sei also karmisch bedingt. Wenn man ihr Schicksal verbessere, so könnten sie nicht genüg für die alten Sünden büßen und ihr Leiden würde ins nächste Leben verlagert.

Dieser Glaube ist tief verwurzelt und stellt einen großen Teil der Akzeptanz des enormen Reich-Arm-Gefälles, dar.

Gandhi hat noch viel zu tun in Indien.

Trip to London

Der Abflug

Kleinen Preisen soll man nicht widerstehen. Besonders nicht Preisen wie jenen: *„Fliegen Sie zu 12 Euro nach London!"* 12 Euro, da legste dich doch glatt nieder! „Sollen wir für 12 Euro - - - ?" „Na klar, machen wir doch. Und Weihnachtsgeschenke brauchen wir ja auch noch!" Wer das sagte von uns beiden? Keine Ahnung. Eine von uns muss es gewesen sein. Und die andere von uns beiden sagte „Ja, na klar, machen wir!"

So kamen wir, Vera und ich, nach London. Nach London im Oktober des Jahres 2002. Um Weihnachtsgeschenke zu kaufen, um uns das Museum, das Wachsfigurenkabinett, den Tower, Big Benn, Buckingham, Kensington Palace, Westminster, Hyde Park anzusehen, um es uns gemütlich zu machen, zu bummeln, zu schlemmen, Kultur zu genießen.

Für dieses Programm hatten wir uns natürlich viel, viel Zeit eingeplant. Genau drei Tage. An- und Abflugtag ist natürlich in diesem drei Tagen enthalten. Also waren es nicht drei Tage sondern ein Tag und einige Stunden des Anflug- und Abflugtages. Aber – was macht das schon aus? Wir genießen die Zeit in London und werden es schon schaffen dieses Programm zu bewältigen.

Zunächst jedoch müssen wir erst zum Flughafen um nach London fliegen zu können. Es ist also irgendwann der 28. Oktober besagten Jahres 2002. Ein nebliger Tag. Mein Wecker wirft mich um 6 Uhr aus dem Bett, Seppel tut sein übriges um mir mein weiches Bettchen ungemütlich zu machen. Also auf und in die Puschen. Katerchen füttern – man beachte die Reihenfolge ! und bemerke, wer der Herr ist im Haus – und mache mir mein Müsli.

Mein letztes deutsches Morgenbrot. Wie wird das englische Frühstück sein? Na, nicht dran denken. Wir werden es sicher überleben. Werden wir? Ich denke nach. Der Hungertod tritt bei vorheriger guter Ernähungslage (welche wir hier voraussetzen mögen) nach 40 bis 50 Tagen ein. Aufatmen. Wir werden es überleben!

Mir fällt ein, dass bei unserem Billigflieger keine Mahlzeit serviert wird. Also zwei Butterstullen geschmiert und ins Bordgepäck verstaut, nebst Banane und kleiner Wasserflasche. Vera hat den Geldumtausch in Englische Pfund besorgt. Na, das wäre ja auch klar.

Statt aber, wie geplant um 8:30 Uhr nach Hahn abzufahren, will meine Mutter von mir ins Dorf kutschiert werden. Also, Mama ins Auto. Soll ich sie zu Fuß den Rückweg machen lassen? Nein, also warten bis Mama eingekauft hat – schaffe ich das dann noch mit dem Flieger? – und Mama zurückkutschiert. Es ist 9:45, als ich endlich starte.

Der Weg von Rosseln nach Hahn ist gut zu fahren, ein langes Stück Autobahn und gegen 11:20 sehe ich den Airport. Jetzt habe ich ein schlechtes Gewissen. Die arme Vera, muss den weiten Weg über Stuttgart hierher fahren. Und ich habe nur eine relativ kurze Wegstrecke.

An einer Laterne parke ich mein Auto. So finde ich es bei der Rückkehr bestimmt wieder. Und in der Nacht hat das arme Auto es hell und freundlich. Na – so ganz der Wahrheit entspricht das nicht. Aber wenn ich in der finstern Nacht bei der Rückkehr allein hier am Auto stehe, kann es ja nicht schlecht sein wenn von „oben" etwas Lichtschein ist.

So, jetzt Köfferchen ausgepackt und auf den Airportshuttle gewartet. Oder soll ich per pedes? Der Abflugterminal ist in

Sichtweite, ich entscheide mich für die „per pedes - Variante".

Irgendwo mitten in der Halle lasse ich mich auf einen der Plätze nieder, in Sichtweite des Schalters – damit mich Vera sofort erblickt. Ein netter Herr leistet mir Gesellschaft, befragt mich über Ryanair, erzählt mir, dass er meist allein reist. Die letzte Reise ging zur Mönchsrepublik Athos. Will er anbandeln - ? Kurzer Check – nein. Seine Frau reist nur nicht gern und er scheint sich gerne günstig die Welt zu begucken.

Inzwischen hat mich mein Gesprächspartner verlassen. Mit Lesen in der Zeitung vergeht die Zeit auch nicht schneller. WO IST VERA? Ich warte noch ein Weilchen. Die Schlange am Ryanairschalter beginnt zu wachsen. Handy auspacken und Vera anrufen. Wo steckt die Liebe? Hat sie sich verfahren – oder einen Platten – oder ist sie schon auf dem Parkplatz und packt soeben ihren Koffer aus?

Nein, die Arme teilt mir mit, dass sie irgendwo vor oder hinter Mannheim ist. Und die richtige Autobahnabfahrt offenbar verpasst hat. Ich checke schon mal ein. Aber wo bleibt Vera? Vera beeile dich!!! Mit der Bordkarte fühle ich mich auch nicht besser. Wo bleibt Vera – wo ist sie? Nochmals das Handy zur Hilfe genommen. Vera ist immer noch irgendwo bei Mannheim. Es ist 13 Uhr. Kaffee und Kuchen lenken mich ein wenig ab.
13:30 Uhr schleiche ich bedrückt zum Service – Schalter, will umbuchen. Auf den späteren Flieger, mit Vera. Aber die meinen, dass dort für zwei Personen wahrscheinlich kein Platz frei ist. Besser wäre es, sofort zu fliegen. Und Stornogebühr fiele auch noch an. Mit hängendem Kopf und flauem Magen gehe ich zum Gate. Aber, vielleicht schafft sie es doch noch? Der vorwitzige Platz an der Glaswand, mit Blick auf die Personenkontrolle, wird von mir besetzt. Immer die Augen auf den Eingang – aber Vera kommt trotzdem nicht. 14:00 Uhr, Boardingtime. Als letzter gehe ich zum Flieger. Blicke zurück. Keine Vera kommt gelaufen. Der

einzige Platz der noch frei ist, befindet sich neben einer jungen Frau, Mittelgang. Ich sitze sowieso lieber Mittelgang, da hat man Platz für die Beine. Die Tür zum Flieger ist noch offen. Ob die auf Vera warten? Ich erhebe mich, schaue über alle Sitzplätze. Doch jeder Platz ist besetzt. Sie haben Veras Platz weiterverkauft. Ich fliege allein nach London.

Warum bin ich allein im Flieger? Ein böses Omen? Wird mein Flieger abstürzen? Oder der von Vera, wenn sie nachkommt? Hör auf mit den blöden Gedanken, höre ich und beginne eine Unterhaltung mit meiner Nachbarin. Diese versucht ihr Deutsch aufzufrischen, und ich versuche mein Englisch.

Endlich in London

Stanstedt ist ein großer Flughafen, das sehe ich jetzt. Anders als Hahn oder Saarbrücken. Als ich endlich zur Gepäckausgabe komme, läuft auch schon das Band. Und siehe da, mein Koffer ist auch angekommen. Na, wer sagt noch was gegen Billigflieger. Schnell noch am Automaten die ersten Englischen Pfund gezogen. Die liebe Vera ist ja noch in Deutschland – mit meinen Pfund die sie für mich gewechselt hat.

Als ich zum Bahnsteig komme, sehe ich den Stansted-Express von hinten. Hätte ich doch besser mit den Pfund gewartet. Der nächste Zug fährt nicht in 15 Minuten, wie man sagte, sondern erst um 16:00 Uhr, also in einer Stunde. Eine Stunde am zugigen kalten Bahnsteig warten. Ein Orkan hat angeblich einige Bahngleise beschädigt. Züge sind deswegen ausgefallen. Der Bahnsteig füllt sich mit Menschen. Eine Dame erzählt mir, dass sie nie mit dem Express fährt, aber heute müsse sie ihn nehmen, da andere Vorortzüge ausgefallen seien. Na denn Prost!

Der Express kommt, nicht gegen 16:00 Uhr, sondern gegen 16:30 Uhr und ich habe einen Sitzplatz auf meinem Koffer. Wie gut, dass ich keine Reisetasche sondern den Hartschalenkoffer mitgenommen habe. Der Zug ist überfüllt und stickig. Irgendwann nach ½ Stunde Fahrt kommt eine Durchsage, dass Fahrgäste nach Victoria-Station in Tottenham Hill auf die Victoria-Line umsteigen sollen. Ich entkomme dem überfüllten Zug. Und irgendwann um 18:00 Uhr bin ich am Bahnhof Earls-Court. Jetzt muss ich nur noch unser Hotel Oliver Plaza finden. In welcher Richtung ist das Hotel, wo ist die Nebenstraße, in der das Plaza ist? Gehe ich jetzt die Straße rechts hoch, oder links?

Am besten der Nase nach. Die sagt zu mir links und wieder links. Das Straßenschild sagt, dass ich mich zumindest in der richtigen Straße befinde. Aber auch in der richtigen Richtung? Mal sehen. In der Nebenstraße ist das Kensington Palace. Dort wollte ich zuerst buchen, aber das Hotel war belegt. Wäre kein schlechtes Hotel gewesen. Wie wird unser Hotel sein? Habe ich gut gebucht oder wird Vera die Nase rümpfen?

Ah, hier ist das Hotel, Eingang gleich um die Ecke. Der Eingang sieht gut aus. Der Portier verlangt gleich Zahlung im voraus. Ich schaue an mir herunter. Nein, an meinem Äußeren kann es nicht liegen, stelle ich fest. Ich versuche mit ihm zu handeln. Erfolglos. Was will ich tun, es scheint hier Sitte zu sein. Ich zahle vorsichtshalber nur für eine Person, 40 Pfund. Wo bleibt Vera?

Das Zimmer ist im 2. Stock, etwas klein, aber die Betten sind gut. Handy an und eine SMS von Vera. Sie ist unterwegs. Also, nun kann ja nichts mehr schief gehen.

Die Ärmste, muss ja müde sein wenn sie nach diesen Strapazen ankommt. Ich gehe einkaufen, für Vera. Wasser, Brötchen, Landjäger, Kuchen. Gleich eine Portion mehr für mich dazu. Und zwei Underberg – wegen der Verspätung von Vera und meinem deswegen rebellischen Magen. Jetzt geht es mir besser. Bestimmt kommt Vera so gegen 10 Uhr, oder später in der Nacht.

Auf dem Bett mache ich es mir gemütlich, mache den Fernseher an. Kaum habe ich es mir gemütlich gemacht, klopft jemand an der Tür. Vera ist da – Hallo! Sie habe mich abfliegen sehen und mir gewunken. Jetzt habe ich ein schlechtes Gewissen – ich habe nicht zurückgewunken!

Nach einem Blick auf meine Lebensmittelvorräte beschließt Vera das Abendbrot selbst einzukaufen. Na, hat die Energie. Ich denke, die ist außer Puste wenn sie ankommt und ich muss sie bemuttern, und dann geht die mit mir wieder einkaufen. Sparkling-water, also richtiges Mineralwasser mit Kohlensäure. Und einen Salat. Wieso im kalten London einen kalten Salat? Aber Vera isst ihn ja.

Am nächsten (und übernächsten) Morgen amüsieren wir uns über unsere Nasszelle. Ein Bad ist es nicht, eine Dusche auch nicht, eine Toilette nicht. Wie sollen wir das Ding nennen, das da in unserem Zimmer als separater Raum eingebaut eine Toilette, ein kleines Waschbecken und eine Dusche beherbergt. Aber alles so ineinander verschachtelt, dass man beim Duschen alles unter Wasser setzt, anschließend ausrutscht und sich am Waschbecken festklammert, das vom Ausrutschen und Festklammern der vorigen Hotelgäste nur noch lose an der Wand hängt. Platz zum Ablegen hat man auch nicht, daher ist alles in dem Raum toll aufgeräumt. Das Toilettenpapier findet man nur nach Verrenkungen. Am besten zieht man sich vorher soviel Papier von der Rolle, wie man wahrscheinlich benötigt.
Auch das Ein- und Aussteigen aus dieser Nasszelle erfordert Übung. (Bucht ein Londoner Hotel nur so lange ihr beweglich seid!) Zumal man die Türe nicht ganz öffnen kann, weil mein Hartschalenkoffer ja irgendwo außerhalb des Gehweges im Zimmer platziert werden muss. Und dann der Ventilator dieser Toi-Du-Wa-Kombination. Besonders Vera ärgert sich. Weil er so lange nachläuft. Ich habe zum Glück meine Ohropax dabei. Die ich auch brauche, da Vera in der Nacht einen ganzen Wald

abholzt. Ob sie deswegen so nahe am Wald wohnt?

Am nächsten Morgen gehen wir shoppen. Das tun wir in Chelsea. Wollen wir zumindest und sehen uns die Schaufenster an. Tollste englische Sachen mit noch tolleren Preisen. Beide werden wir sehr stille. Zumindest was die Preise betrifft. Ansonsten staunen wir über die englischen Geschäfte. Chelsea ist ein verrücktes Pflaster. In einer Buchhandlung bleibt Vera hängen. Auch ich bleibe an einem Buch hängen, lese es und wundere mich, welch tolle Bücher es hier gibt.

Irgendwie finden wir auch den Antikmarkt, den ich suchte. Vera ist hier schon müde, ich drehe jetzt richtig auf. Darf es ein Armband sein. Mit riesigen Amethysten? Der Shopinhaber will mich mit diesem Armband gleich heiraten. Angeber. Wie in Marokko. Wenn man etwas anprobiert sagt der Verkäufer sofort, dass man damit Chancen habe, zwölf Kamele oder so. Sicher hält er mich für ein Kamel, wenn ich seinen überteuerten Preis akzeptiere. Also weiter. Ein Armband mit Limoges-Einlagen. Tolles Stück. Der Preis wundert mich schon nicht mehr: 1.000 Pfund. Vera sieht mich von der Seite an, zögerlich: kaufst du das? Wenn es 1.000,- DM wären, das würde ich noch akzeptieren. Aber so - wir gehen weiter. Jetzt hat Vera beim Schmuck angebissen. Ein schöner Siegelring, mit Lapislazuli.

Danach will mich Vera unbedingt nach Soho führen. Es ist schon 14 Uhr, mein Magen meldet sich immer fordernder. In Soho könne man gut essen, meint meine Stadtführerin. Die Rollen sind verteilt, ich profitiere von Veras Londonkenntnis und fühle mich wohl dabei. In Soho (das war doch ein Chinesen-Viertel?) gehen wir in eine Pizzeria. Schön Pizza essen. Es erinnert mich an meine Zeit in Brigthon, da ging ich auch immer in eine Pizzeria. Das englische Essen hat mir nie so recht geschmeckt.

Nach Soho – wo waren die Chinesen ? – liefen wir durch die Carneby-Street. Vera findet einen Seifen-Shop, mit tollen Seifen. Selbst hergestellt. Auch Kerzen, Duftöle, Gesichtsmasken. Ich komme in Versuchung. Halte aber stand. Noch eine Fahrt mit den London-Bussen. Die Busse gefallen mir immer besser. Stopp – reinspringen – Plätzchen suchen – zahlen – Stopp – rausspringen. Nur nichts für alte Omas. Ähnlich unsere Toi-Du-Wa-Kombination im Hotelzimmer. Nur mit dem Unterschied, dass wir die Busse super finden. Schnell und praktisch, luftig, hat eben Atmosphäre der London-Bus. Und wer will, kann in die zweite Etage dieses klapprigen Ungetüms. Das wollte ich allerdings doch nicht. Vielleicht später, beim nächsten Besuch.

Es ist nun schon spät, es wird dunkel. Wir wollen nach Covent Garden. Eine Art Ladengalerie, mit Open-Air Atmosphäre. Als wir ankommen hören wir zuerst einer Sängerin zu, danach macht ein Trio Konzertmusik. Wir setzen uns und stehen erst nach 1 ½ Stunden wieder auf. War doch keine schlechte Entscheidung Vera die Führung zu überlassen. Oder ? Um die Ecke finden wir das Royal-Opera-House, und treten ein in eine andere Welt. Sollen wir uns Tickets kaufen?

Sollen wir fragen, wie viel es kostet? Wir verzichten. Aber wir genießen die Atmosphäre der Vorhalle. Schöne Londoner Oper.
Es wird kalt, es ist spät, wir sind müde – Zurück mit der „Tube", wie die Londoner liebevoll ihre Untergrundbahn nennen, und zurück in unser Zimmer mit unserer Toi-Du-Wa-Kombination mit dem lang nachlaufenden Ventilator, und zurück in unser Bettchen. Der Tag ist vorüber, der zweite Tag in London. Schade.

Der Rückflug

Wir haben alles genau durchgerechnet. Der Flug startet 15:35 Uhr, also müssen wir spätestens 13:00 Uhr in Stansted sein, 14:00 Uhr einchecken. Dann haben wir genügend Zeit uns den Flughafen anzusehen, die Ladenpassage und, und, und - - -

Im Zug werden wir übermütig. Wollen wir uns einen Sekt gönnen? Na klar! Einen Piccolo und zwei Gläser – pardon, zwei Plastikbecher. Macht nichts, wir genießen den Sekt als schlürften wir aus Sektschalen. Dermaßen aufgemuntert erreichen wir den Airport.

Das Einchecken gestaltet sich in Stansted langwierig. Das heißt, vor dem Schalter ist eine lange Warteschlange. Also Vera links, ich rechts, mal sehen, welcher Schalter zügiger abfertigt. Irgendwann haben wir auch das geschafft und sind unser Gepäck los, haben dafür die Bordkarte. Jetzt können wir uns den Flughafen ansehen. Aber, es ist schon 14:00 Uhr. Ich bin unruhig, Vera die Ruhe in Person. Jeder läuft in eine andere Richtung. Wir verabreden uns 14:40 Uhr bei der Personenkontrolle.

Dahinter ist der duty-free-Bereich, das haben wir ganz vergessen. Aber jetzt haben wir keine Zeit. Wir müssen zum Gate. Vera ist da anderer Meinung. Sie will im duty-free Laden shoppen. Was soll's, einmal hat sie den Flieger verpasst, sie wird es doch nicht noch mal versuchen. Ich dränge. Vera, gleich ist Boarding-Time, wir müssen. Doch sie ist anderer Meinung. Also, wir treffen uns später am Gate. Ich renne los. Wenn Vera wieder den Flieger verpassen will, kann ich auch nichts mehr tun. Unterwegs ein Schild – von hier bis zu den Gates ca. acht bis zehn Minuten Gehweg. Oh Gott, weiß das Vera? Was ist, wenn sie wieder - Meine Nerven!!! Weiter rennen, jetzt muss ich auch noch allein zurück fliegen. 15:00 Uhr, geschafft. Ich plumpse in einen Sitz am Gate Nr. 45. Platziere mich wieder so, dass ich Vera sofort sehe. Sie schafft es 15:10 Uhr. Ich habe mich gerade soeben vom Spurt zum Gate erholt und mein Körper stellt das Transpirieren langsam ein. Nun ist ja alles in Ordnung. Wieder in einem schönen Flieger, der gar nicht den Eindruck von Billig macht, werden wir zurück nach Deutschland gebracht. Wie auf dem Hinflug sind wieder drei Stewardessen an Bord. Service, trotz Billig, wir sind verblüfft.

In Hahn ist es bereits dunkel, als wir 17:50 ankommen. Traurig, dass unser Trip schon vorüber ist, stellen wir fest, für London reichen keine drei Tage. Mindestens vier oder fünf Tage müssen es sein. Und – vielleicht machen wir demnächst eine Tour durch England. Von Zuhause per Internet organisiert, mit Mietwagen und dann 14 Tage quer durchs Land.

Wir sind uns einig.

Und Dir liebe Vera:
Danke für Deine wunderbare London-Führung. Die darfst Du gerne wiederholen. Aber nur, wenn Du willst. Ich habe mich ja dabei quasi ausgeruht. Hast Du toll gemacht!

Eine letzte Erinnerung. Letzte Gedanken an drei schöne Tage. Weißt Du noch? Das englische Bier? Ach ja, ist ja kein Bier, nur Ale. Ich bekam einen Lachanfall beim ersten Kosten. Konnte mich vor Lachen nicht mehr halten. Wieso? Weiß auch nicht. Es ist kein Bier, erinnert mich an eine Art Obstsaft mit Spülwassergeschmack. Aber schlecht schmeckt es auch nicht. Irgendwie erfrischend. Das war es, weshalb ich den Lachanfall bekam. Und du Vera, wusstest nicht was mit mir los war. Ist die Irene jetzt übergeschnappt? Soll ich eingreifen? Aber wie? Nein Vera, es war nur das englische Bier von dem man nicht einmal betrunken wird. Und unser Zimmer, die Nasszelle. Nächstes mal erfragen wir beim Buchen die Maße, ja !

Aus dem Flughafengebäude treten wir in die dunkle Nacht. Kalter frischer Wind, nasskalt, bläst uns entgegen. Wir ziehen unser Gepäck den kleinen Weg zu den Parkplätzen. Da – ich sehe einen Mann. Den kenne ich doch. Zerbeultes Äußeres, tapsig, das ist Dr. Krause, unser Kollege, rufe ich. Dieser ist schon einige Meter weiter, dreht sich um. Wir schauen uns in der dunklen Nacht an. Nur eine Laterne wirft fades Licht. War das Dr. Krause oder - ?

Ich weiß nicht. Vera kann ihn nicht erkennen. Aber jetzt weiß ich, wir sind gelandet.

Jetzt sind wir wieder zurück.

In der Gegenwart.

Inhalt

Über die Autorin

Irene Siegwart-Bierbrauer, geboren 1954, Bankfachwirtin
22 Jahre Tätigkeit bei einer saarländischen Bank
davon 8 Jahre Geschäftsstellenleiterin

Seit 1994 veröffentlicht sie Fachartikel, Prosa und Essays. Von 1996 bis 2002 war sie Vorsitzende des Landesverbandes Saarland des Freien deutschen Autorenverbandes (FDA). Sie ist Herausgeberin der Anthologie „Dahemm – Rendezvous mit dem Saarland" saarländischer Autorinnen und Autoren. Verlag „editions treves" Trier, 2002

Durch ihren verstorbenen Mann, den saarländischen Dichter Albert Bierbrauer, kam sie zum Schreiben.

Ihre Liebe zu Zahlen blieb zwar (Fachjournalistin zu Bankthemen, Schatzmeisterin des FDA-Bundesverbandes), wurde aber durch den neugewonnenen Zugang zu Prosa und Lyrik bereichert.

Parallel dazu kam die Teilnahme an einem privaten Entwicklungshilfeprojekt in Punjab/Indien, das Einblick in die Kultur von Hindus und Sikhs bot – und in das Leben von Bienenvölkern. Das Entwicklungshilfeprojekt förderte den Aufbau und die Verbreitung privater Imkereien.